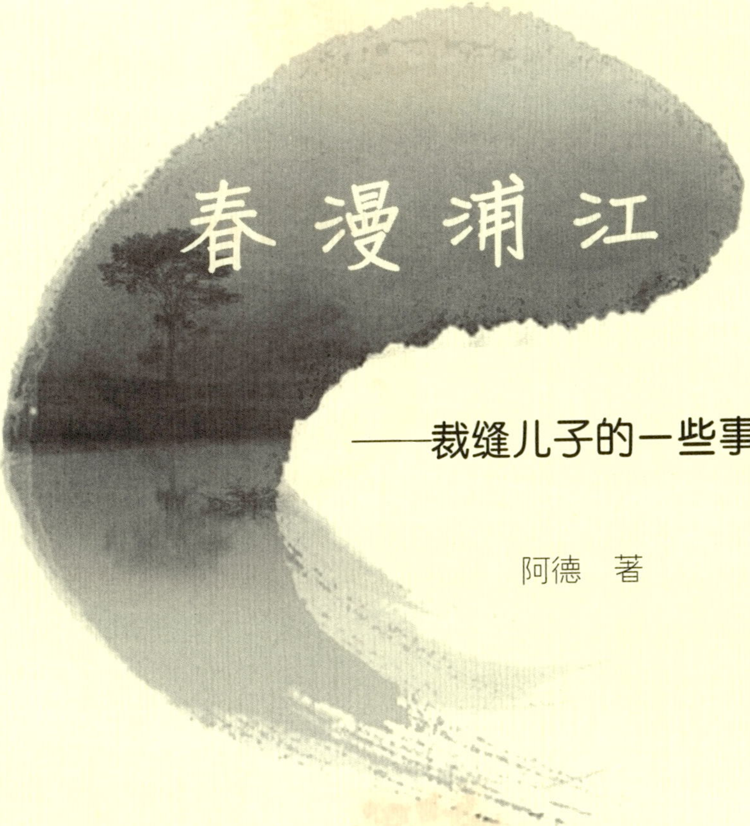

春漫浦江

——裁缝儿子的一些事

阿德 著

暨南大学出版社
JINAN UNIVERSITY PRESS

图书在版编目（CIP）数据

春漫浦江：裁缝儿子的一些事/阿德著．—广州：暨南大学出版社，2011.3（2011.8 重印）
ISBN 978-7-81135-741-7

Ⅰ.①春…　Ⅱ.①阿…　Ⅲ.①自传体小说—中国—当代
Ⅳ.①I247.5

中国版本图书馆 CIP 数据核字（2011）第 011910 号

出版发行：暨南大学出版社

地　址：中国广州暨南大学
电　话：总编室（8620）85221601
营销部（8620）85225284　85228291　85228292（邮购）
传　真：（8620）85221583（办公室）　85223774（营销部）
邮　编：510630
网　址：http://www.jnupress.com　http://press.jnu.edu.cn

排　版：广州市友间文化传播有限公司
印　刷：佛山市浩文彩色印刷有限公司

开　本：890mm×1240mm　1/32
印　张：7.25
字　数：156 千
版　次：2011 年 3 月第 1 版
印　次：2011 年 8 月第 2 次

定　价：19.80 元

自序

耄耋之年，据说应多用脑以防痴呆。忆儿时之稚嫩、童心；上中学时之激情、革命……明知笔力之拙，但为“用脑”，勉强“文学创作”，就算重在参与吧！好成酒，坏则醋。是酒敬亲人，若醋则自饮。

《春漫浦江》从落笔至脱稿，逾三年。但是没有耽误享受退休的日子，因为我是山照爬、舞还跳、歌也唱、常搓麻将，每年出国旅游一两次，请至亲好友放心。

阿　德

2011年1月1日清晨6时于广州

一

1

上海市广西北路裁缝店祝家，地处三马路[①]和四马路[②]之间。从祝家往北去大马路[③]、往西去跑马厅[④]都只需五分钟的路程，而朝东走一刻钟就能到著名的外滩去看川流不息的黄浦江了。广西北路两侧多为两层楼房，底层均为铺面。开有丝棉店、酒店、烟纸店、牙科门诊、南货店，等等。但是大部分铺面是鞋店，与东边相邻的浙江北路一起被称为“小花园”，林林总总的鞋店尤其以卖女鞋著名。二楼一般为住家，当然，“鸿运酒家”是个例外。

年年酷暑，又遇酷暑。那是1953年8月的一天，夜幕虽已降临，但仍闷热难耐。白天的余热还统摄着城市，跟来临的夜作着像小菜场摊贩卖菜式的讨价还价，迟迟不愿退离。

平时每日傍晚，老人背着手踱步，小孩拆天拆地地喧嚷，男人们兴高采烈地传播着各种新闻趣事，亭子间嫂嫂们嘤嘤碎语，隔壁爷叔吃饱老酒扯着山南海北……但是，闷热把这一切都搞乱套了，人们满嘴说的都是这见鬼的天气，凡能触摸到的东西都是

① 汉口路。
② 福州路。
③ 南京路。
④ 今人民广场和人民公园。

烫乎乎的，连平时感觉到阴凉的玻璃与竹榻也难逃“此劫”。

夜已深沉，马路上到处是摇着蒲扇坐着或走着寻找凉快的人。人们好像处在一个大蒸笼里，四面八方都是热气，空气凝固了，没有一丝凉爽的晚风。实在困了，男人们便用帆布床或竹榻挡着家门口，睡在人行道上，门内就睡着自家的女人和孩子。

半夜，闷热的天气终于引发了雷阵雨。突然，黑压压的苍穹被一道闪电照亮了一下，似一块巨大的黑色帷幕陡然间被撕裂开，尾随而至的是一声响雷，接着便刮起了风，大点大点的雨滴瓢泼下来，整个街区都被惊醒了，顿时骚动起来，人们高兴地互相呼喊着：“落雨了！落雨了！”雨越下越大，很快驱散了一些暑气。乘凉的人们相互照应着，搬着帆布床或竹榻，手忙脚乱地躲进了仍热烘烘的家里。

这场“及时雨”给人们带来了难得的凉爽和宁静，整个街区也终于渐渐进入了甜美的梦乡。但祝家的周梅英却在这个夜晚辗转反侧，彻夜难眠。

天刚蒙蒙亮，马路上就隐隐约约传来了早班公共汽车的轰鸣声，夹杂着“倒马桶嘞”的吆喝声，仿佛这就是上海市的晨曦曲。自从1840年上海开埠后逐步发展，有了工部局，建成棋盘街，便形成了这一贯的、无法改变的程式，年年、月月、天天如此。

雨后的清晨，凉爽宜人，让人们找出各种理由恋床，总想在床上多赖一会儿。但是梅英看到天色微亮就不想再躺了，起床后精神有些恍惚，一双美丽的杏仁眼里布满了血丝，黑黑的眼圈使那平时端庄秀丽的脸庞在一夜之间憔悴了许多。今天，一平将要独自出门远行，就这么一个宝贝儿子，却要离她而去，不舍和依恋充盈着她的心。

2

裁缝店坐西面东，挨着福祥里。店堂门口左右各有一个大橱窗，陈列着兼卖的枕套、枕芯等。店堂中部有一个柜台，柜台里侧有一排长立柜，放置枕套及完工的衣服；柜台外侧靠墙前后放置两台缝纫机；柜台和缝纫机之间的过道，白天是顾客选货、量身的场所，夜晚则成了两个女儿打地铺睡觉的地方，而一平从小就睡在柜台上。刚开始睡柜台时，一平总是战战兢兢，怕晚上一不小心翻身掉下柜台，压到挨着柜台打地铺睡觉的妹妹，因而长年下来，一平修炼成了一种睡觉从不翻身的习惯，十几年来还从没有掉下过一次。当然，父母是睡在屋子的后部，而且还有一张像样的大棕绷床，夜晚搭架铺床，白天掀起靠着后墙。裁缝店好像火柴盒，内部非常拥挤，但又充分利用了空间且井然有序。一家人挤在一间店堂里，日店夜宿，这是上海典型的夫妻店。

其实那天晚上一平也睡得不安稳，考上大学且即将去报到的兴奋与要离开亲爱的母亲的惆怅在脑子里不断地反复。可能反复思虑多了造成疲倦，也可能是半夜雨后凉爽，一平就迷迷糊糊地睡到了清晨。

一平醒来，一骨碌下了柜台，到后面灶偏间去洗脸。待一平洗漱完，父亲伏诚也起床了。一平开了灯，把父母睡的那张大棕床板掀起来靠在后墙上，腾出地方架八仙桌准备吃早饭。梅英早已吩咐大女儿玉琴去买早点，伏诚用脚碰了碰小女儿紫琴，催她赶紧起来把地铺卷起，腾出店堂空间人好活动。紫琴好像没有睡醒似的喊着："姆妈，姆妈，我要姆妈。"梅英走到她跟前，扶着她起身，一边理着她的头发一边说："紫琴乖，今天哥哥要离家去外地读大学，赶紧起来，我们要送哥哥。"紫琴好像听懂了些什么，穿了衣服袜鞋，一起帮着卷好了铺盖。

一平把要带走的物品又清理了一遍，一一放在柜台上。因为家里没有什么值得带的物品，梅英左思右想，只好把时髦的红色细毛线背心和儿子常用的小薄被子清理出来，坚持要一平带上，让他在外头留个念想，因而背包显得有些鼓鼓囊囊的。

一会儿，玉琴把买来的早点放在八仙桌上。刚从外面回来的她头上已经渗出了微微的汗珠，高兴地跟紫琴说："阿妹，今天有好吃的啦。"紫琴立即凑过去，围着八仙桌打转，两只手不停地沿着八仙桌边缘滑移。一平斜眼一瞥，看到有大饼、油条、咸豆腐浆，还有粢饭糕和生煎馒头等，这顿早餐令他颇感意外，不禁暗暗叹道："好丰盛！"平时，家里早餐一般只在外边买几根油条当小菜，扒拉一两碗泡饭就成。一平意识到这是姆妈对他的特别心意，要隆重地为儿子饯行。

梅英清了一下嗓子说："阿平呀，趁热侬先吃。吃生煎馒头要醋的话就自己到碗橱里拿。"声音似乎有些嘶哑。

一平看着双眼布满血丝的梅英，突然意识到，在姆妈舍不得自己离家的时候，不应该表现得很兴奋，这样会造成一种巴不得赶快离开家中亲人的错觉。说实在的，真的要离开自己的家，一平又有些留恋，想着想着，鼻子有点发酸。他轻轻地应了一声，一边去后面拿碗筷一边打着招呼："阿爸、阿姆你们也来吃。"梅英觉察到一平说话声音有点哽咽，她回过头来笑了笑，点头应了声："嗯。"母亲的心是孩子感情的尺子，丈量得出孩子的心情，她看得出孩子也是恋家的。

只有6岁的紫琴一下子坐到八仙桌旁，在一平旁边摇着她哥哥的手，可爱的小嘴巴一张一合地说："我饿了，哥哥我要吃。"

一平顺势亲昵地搂抱着紫琴的头说："就我们家的'小猫咪'动作快。"紫琴纯真的样子把大家逗乐了，大家都笑了起来，家里这才有了笑声。

"是啥军事学校？在哪里？"伏诚抱着再试试的心态，又问起已经问过很多遍的问题。

一平犹豫地望了望父亲，心想：平时大事小事都要听侬的，稍一不慎对姆妈和我不是骂就是打。侬在我参加抗美援朝参干时许过诺言的："只要高中毕业，参军没有问题。"今年高中毕业，学校推荐四名同学去考军事学院，结果三人被录取，我就是三人中的一个，这下侬就没啥可说了吧。回想起"参干"时，侬拉着姆妈几次三番去学校说什么独子不能参军，搞得学校领导很尴尬，只好将我除名。当时自己真是羞愧难当，无地自容，很伤自尊。这情景至今还历历在目，为免再节外生枝，只好硬起心肠，不说为好，也不要家里人送到火车站。

一平想定当后，嘴里嚼着油条边吃边说："阿爸阿姆请放心，学校是国家正规的军事院校，为了保密，没开学是不能随便说出去的，我要遵守原则。一到学校我就马上写信给你们。”伏诚和梅英为人老实本分，听到“原则”，也就不再追问了。

3

伏诚长年弯着腰坐在缝纫机前赶制衣服，终于积劳成疾，站立时经常背痛，要不断捶打有点驼的背才能缓解一点，这使本来就个子不高的他更显矮小了。岁月使他头上有了稀疏的白发，脸盘也爬上了皱纹，记录着他为这个家操劳的史实。相比之下，一平身体挺拔壮实，长得比伏诚高过一个头有多。一身江浙人氏特有的白皙肤色；头发梳成三七分的“菲律宾式”，有点卷；浓眉大眼，双眼皮下的眼睛特别有神；稍长的脸盘上镶嵌着挺直的鼻梁，以及薄薄的、微红的嘴唇。亲戚和邻居们都说他长得更像他的母亲，就是眉毛粗了一点。那副架在高鼻梁上的眼镜，使他全身散发出英俊的气质。一平遗传了父母的优良基因，长相相当俊美，使得不少人愿意接近他，一见面就给人一种好感，与人交往也增多了一些机遇；但这也给他带来了一些小麻烦。高中毕业后的一平很能说出一些道道，不再是小时候那个被伏诚一吼就手足无措、哑口无言的男小囡了。伏诚看着一天天长大的儿子，脾气也就慢慢见消，说话的态度也好了许多。

伏诚暗忖，一平是在全国高考中由学校专门保送去考的军事学校，据说与留苏学生的档次相当，应该会是很好的学校吧，这件好事在街坊邻里中早已传得沸沸扬扬。这条街历来都是做买卖的，居住的都是一些生意人，他们最缺乏的是文化的熏陶，最渴望的便是成为一个有文化的人。一平可以说是人们记忆中这个地段的第一个大学生，顿时，裁缝店祝家成了人们谈论的热点。祝贺、羡慕之词不断，连平时隔壁高傲的石牙医见面时也会主动笑着搭腔："侬儿子考上大学，还被提前录取，了不起呀！祝老板真正是有福气！"这让伏诚感到十二分的自豪和满足。伏诚看出孩子还在担心家人会阻止他参军，心里想：要知道做生意、做人都要讲"诚信"，"一言既出，驷马难追"，决不食言是我做人的原则，现在虽然闹点别扭，也只好忍一忍。

由于多次询问一平都得不到明确的回答，伏诚也就四处打听，并把打听来的情况告诉梅英。那天夫妻俩谈心，伏诚说："我了解到，南京一带有军事学校，要是在那里的话离家也不算太远。"

"无论阿平去哪里，即使是到南京我也舍不得他离开家，这是在挖我的心头肉呀。"梅英情绪激动地说。

"侬要想开一点，虽然我也舍不得他出远门，但当年我14岁就去镇江当学徒，儿子今年已经19岁了，是应该出去闯闯码头了。"伏诚说。

梅英似乎被说服了，觉得这话在理。夫妻俩相互疏通着、安慰着。

其实梅英心里是舍不得儿子出去当兵的，尽管几年来看到解放军不同于国民党兵，对老百姓和蔼可亲、买卖公平；但旧社会“好男不当兵，好铁不打钉”的阴影还在，心里还一直埋怨老伴在一平“参干”时夸下海口，什么“只要高中毕业，想参军闲话一句……”，这下就成现实了。可又想到孩子长大了，总要学一门本事，不可能一辈子在家呀。想到一平这是去学文化、上大学，比做裁缝体面多了，心里又有些宽慰。眼下儿子真的要走了，梅英心想：我可不能悲悲戚戚，要让他高高兴兴地走才是！吃过早饭收拾停当，一平就准备起程了。

梅英脸上堆砌着笑，含着泪水抬头仰望着儿子，用手摸着一平的脸庞再三嘱咐：“在外头冷热自己要当心，一到学校马上写信来。”

玉琴这几年哥哥长哥哥短的不离嘴，在学校就爱宣扬她哥长得高大，那些调皮的男同学都不敢欺负她，哥是她的保护神；在家常问他功课，哥是她的小老师。现在就要离家，她十分不舍地拉着哥哥的手问：“阿哥啥辰光回来呀？”一平用另一只手轻轻地刮了一下她的鼻子，开着玩笑说：“等侬考出两个100分，我就回来啦。”紫琴已感觉到哥哥要离开她，只是站在边上拉着一平的衣服直喊：“哥哥不要走，哥哥不要走。”她这么一喊，大家又一次被她逗乐了。伏诚看着这情景，也就没有再说话。

时间快到了，该走了，背起背包，拿着旅行袋，一平依依不舍地说道：“阿爸阿姆，我走了，你们要保重身体。”伸手摸了一下玉琴的头和紫琴的脸，到了门口回过头，又深情地望了望黑蒙蒙的屋里。一平口中轻声念叨：“我亲爱的家，再见了！”便跨出门口。马路两侧的店铺尚未开门营业，路上车少、人少。昨夜下过一场雷雨，路上已无雨水的痕迹，尽管暑气仍没有消退，但清晨的天气凉爽，天高云淡，似乎也在预祝一平远行顺利。大家站在店铺门口，注视着一平朝福州路走去。快到福州路口时，一平忍不住又回头一望，一家人仍站在门口目送自己，急忙挥挥手，只见大妹也在挥手，四个人的视线聚焦于自己一身，心中一股热流油然升起。望着不远处那门前铺满阳光的祝家店铺，周围都是从小熟悉得不能再熟悉的一切，这一刻要离开了，就觉得它们都特别地美。不宽的人行道是上小学时搬个小课桌做作业的宝地；福祥里、武陵坊是几个小朋友玩耍的集合地；连那平常下大雨时老是积水、儿时蹚水玩的马路边此刻也觉得特别亲切可爱。二楼一户人家挂着一个鸽子笼，主人打开笼门后，展翅欲飞的鸽子在笼口东张西望，发出“咕、咕”声之后就飞出了笼门，朝着蓝色的天空振翅飞向了远方。一平在口中再次轻声念叨：“我亲爱的家，再见了！” 他倒走着来到福州路口，大动作地挥着手向家人遥望告别后，转身朝西藏路方向走去，那里才有载一平驶向火车北站的无轨电车车站。

一平心里闪过一丝伤感，但很快就被去学院报到的喜悦所替代。一个裁缝的儿子在旧上海，估计好的去当个学徒，坏的就成为小混混了。现在要去上大学，这是多么难能可贵的机会。想着想着，一平感觉脚步越来越轻快，好像是只绚丽多彩腾空而起的风筝，正凭着风力飘飞了起来。

在西藏路电车站，没等一会儿，一平就坐上了去火车北站的无轨电车。车上乘客不多，一平放下行李，双手各拉着一个吊环，让躯体和思绪随车晃悠。自己长这么大还没有坐过火车，这次要去那么远，出了上海外地是个什么样子，坐火车又是什么滋味，是不是和这电车一样晃呀晃的，一平心想着，总觉得今天的电车走得特别慢。

4

火车站内外人头攒动，一平找到指定的进站口，出示录取通知书，由专人检查后就进站了。进入站台到了集合地点，见到同行的年轻学子，激动得像中了头彩似的，久久不能平静。

一平在人群中寻找着黄秉义和韩立坤，他们俩早就到了，也一直在找他，三人相见后又拉手、又拥抱，立坤还跳着、喊着，引来了周围人们的注视。然后他们三人把背包放成三角形，席地坐在背包上，彼此交流着离家时的情景。

立坤神情凝重地说："我姆妈舍不得我出远门，临别时很难过，哭得很伤心，搞得我也心情沉沉的。他们想送我到火车站，我坚持不让……"

秉义接着相告："我爸爸妈妈挺开明的，说'男儿志在四方'，还给了我不少钱，说以防万一，要我路上小心别掉了火车。我也不要他们来火车站送别，免得哭哭啼啼，让大家心情沉重。"

一平只好如实相告自己使了一个小花招，没有告知家人学院所在地，秉义和立坤听后会心地笑了，立坤还拍着一平的肩膀向他竖起了大拇指。一平说:“我姆妈是挂着笑脸、含着泪水送我出家门口的,搞得我心里也怪难受。我想她现在肯定在家抹眼泪呐。”

快要上车的时候,一个穿着军服的人站出来告诉大家,他是带领他们这伙人去哈尔滨军事工程学院报到的队长。然后下命令集合队伍,并讲述了这次行程的行军纪律和注意事项,还给每人分发了路途上的伙食费。一平他们看到还没有到学校就开始发伙食费了,又是一阵兴奋,一张张脸笑开了花似的,每个人的心中似乎都在为自己感到庆幸和自豪。随后列队进入车厢,每个人都分到了一个座位。一平坐在靠窗的位置,秉义挨着一平,他们三人坐在同一排,静静地等候着火车起步。终于,汽笛“呜呜”拉响,列车晃动了一下。一平突然一惊,立即抓紧了身旁的秉义。秉义被这突然的一抓吓了一跳,随后就笑一平胆小。一平傻笑着解释说从来没有坐过火车,原来坐火车还真的跟坐电车一样也会晃动。

望着月台上那些送行的人们,一平他们知道,那人群中没有他们的家人。送行的人群专注地看着车厢里他们的孩子,很多母亲从唇边挤出一丝强笑,一边挥手向车厢这边告别,一边拿着手绢不时擦拭着眼角。在火车启动时,车厢内不少人慌忙地扑向了窗口,看着他们亲人们的脸庞并挥手,情不自禁地眼红鼻酸。火车在欢快的乐曲中缓缓驶离月台,把送行的人群远远地抛在后面。车轮的震动声,喇叭中传来的乐曲声淹没了整个车厢。立坤的眼角也挂着泪珠,呆坐着,看着窗外掠过的上海街景,一语不发。

队长看到那么多人怀着离别的伤感，便用手提扩音器进行集体安慰，接着他领唱了一句：“向前，向前，向前……”年轻的学子们唱起了《解放军进行曲》，歌声越来越雄壮、嘹亮。窗外不断变换着各种景色，田野、河流、树林……慢慢地，大伙的注意力被转移了，淡却了刚才离别的悲伤情绪，车厢里有了谈笑声，气氛活跃了起来。

火车在加速，有节奏的“咣当……咣当”声，好像军乐队演奏时的鼓点。学子们兴高采烈地询问着彼此的情况，车厢里活跃嘈杂得像乡村里的庙会，叽叽喳喳，热闹非凡，一平他们三人和周围的那些新面孔也打成了一片。太阳落山了，当火车驶入越来越浓密的黑夜里，一直沉浸在欢乐和兴奋中的学子们疲倦了，睡意袭来，个个靠着、歪着，千姿百态地睡着了。

但一平的神思却长久地滞留在对往事的回忆中。曾想学文学当作家、数学考过一次100分就想当数学家、看到亲人病中呻吟就又想当医生……怪不得有人形容青年学子心高气盛时说：“高中毕业，天下无敌。”如今要去上军事学院，学校如何？学些什么？期盼和火车一起飞向了那遥远的地方。

列车驰离上海后，一路向北，天空越来越高远，天气越来越凉爽。年轻学子们的那点离愁别绪，在充满革命热情的交谈和对未来的憧憬中逐渐淡化，最后消失得无影无踪。这么一群从上海各中学集中，专程奔赴哈尔滨军事工程学院读大学的学生意气风发、热情洋溢，在漫长的旅途中，大家在车厢里轮番表演节目，打发旅途的寂寞。秉义和立坤跟周围的同行学子大吹一平把全校甚至是全区大大小小的唱歌指挥活动全部包揽的事。

在大庭广众下受到别人的夸奖和表扬，一平脸都红了。结果大家就更加起哄，积极地鼓励他指挥唱歌。盛情难却，一平只好站在车厢中部指挥两部轮唱，“雄赳赳，气昂昂……”一平领唱了一句，双手平举在胸前，说了声“预备——唱”，车厢内顿时响起嘹亮的歌声，气氛活跃起来，个个情绪高涨。轮唱后有人提议一平独唱，众人又起哄、又鼓掌，一平只好清了清嗓子高歌一曲《黄河颂》。一平唱得比较投入，效果不错，赢得了大家的掌声和赞许。事后一平悄悄在想：还没有到学校就已经出了次“风头”了，这是一个十分好的兆头吧。火车越来越接近目的地，等待着学子们的将是一种什么样的大学生活呢？

三天三夜之后的一个拂晓，火车终于到达了旅程的终点——中国冰城哈尔滨的滨江火车站。漫长的旅途并没有影响到学子们的好心情，他们还一直处于兴奋之中。一平下车后的第一印象，便是哈尔滨的天比上海的更高、更洁净，空气也更清新。凉丝丝的微风扑面而来，沁人心脾。虽说正值八月暑天，但当地的清晨没有炎热，像是南方的秋天，凉爽宜人，有些上了年纪的老人还穿着夹衣。走出车站，发现街上房子造型竟与上海相当不同，心想这就是人们常说的“东方莫斯科”——哈尔滨了。哈尔滨因太靠近俄罗斯，故受其建筑风格的影响，到处矗立着尖尖顶、高高柱的欧式建筑。

“老毛子！老毛子！”突然有同学兴奋地叫着，行人中确实有不少洋人。队长笑着告诉大家，“老毛子”被当地人称为“白俄”，是“十月革命”后从俄罗斯来东北的。学子们都睁大眼睛四处张望，觉得处处新鲜，好像在看“西洋镜”似的，不想遗漏任何一个新奇的画面。

太阳升起来了，越升越高，阳光明媚地照射着大地，洒在初来乍到的学子们的身上，好像人人都披上了金色战袍，个个朝气蓬勃、精神焕发。学院派来接新生的崭新大卡车早已停靠在车站广场一边，整整齐齐一排，很是气派。队长开始集合队伍，列队清查人数，学子们在队长一声号令下，按所分配的车辆登车完毕，浩浩荡荡的车队便开动了，一辆辆车首尾相连，在大街上形成一道亮丽的风景线。

跨上学院的大卡车，可以算是到学院了吧，梦寐以求的军事学院终于要到了！一平抑制不住内心的兴奋，不由自主地哼起了：“向前，向前，向前……”随即大家也跟着唱了起来，接着又是：“雄赳赳，气昂昂，跨过鸭绿江……”一首接着一首，青春嘹亮的歌声把车里的气氛搞得十分热烈。车辆驶进校门，道路两旁排列着整整齐齐的高大的树木，绿荫葱葱。大卡车一直开到学生宿舍区，停在宿舍门口，学子们下车，然后分配住处。一切安排妥当后，秉义、立坤和一平三人耐不住新奇的心情，决定利用剩下的时间好好把学校观光一番。校园大得超出了他们的想象，占了整个一条文庙街有多。校道两旁高矗着的教学大楼正在施工，立坤为人机灵，不一会儿就打听到几幢大楼都要在初冬上冻前砌筑封顶，上了冻施工就很困难了，因此工人们上上下下、忙忙碌碌，没有一点闲暇的样子。

他们三人哪里见到过这么大的校园，把军事学院和以前的中学一对比，感觉中学小得如同一粒芝麻，真正是弹丸之地。不自觉的对比，让秉义、立坤和一平都为自己能成为学院的一员而更感自豪。

第二天——8月18日——正好是一平19岁生日，一平上午就给上海的家里寄出离家后的第一封信。

5

那是一平离家的一个星期以后，上海祝家收到了一平的第一封家书，这对平时很少收到信件的祝家来说是一件新鲜事。伏诚从邮递员手中接过信，兴冲冲地从门口朝店堂里跨步。只瞥了一眼他就惊住了，信的落款上“哈尔滨”三个字清清楚楚映入眼帘，立即坐立不安地傻了眼。梅英听说一平来信赶紧凑到跟前，只见老伴两眼发直，就催说：“快看信呀。

伏诚站在店门口内侧，吐了三个字：“哈尔滨！”

“怎么会呢？快打开看呀。” 梅英半信半疑。

伏诚拆了信对着屋内喊正在后面灶偏间洗衣服的玉琴：“阿囡，快过来念侬哥哥的信。”

直到这个时候，一家人才知道，原来一平考上的是才成立一年、第一次招地方中学毕业生的哈尔滨军事工程学院。为了确认来信地点，他们又找到信封上清晰的邮戳，是哈尔滨的图章。伏诚、梅英和玉琴惊呆了，面面相觑。一会儿玉琴尖叫起来：“是不是打架骂山门[1]时候说的‘当心我一脚踢得侬哈尔滨转弯’的哈尔滨？那有多远呀？”

伏诚心里直冒火，像头狂怒的雄狮，急促地来回踮脚踱步，狠狠地骂道：“这个小鬼头！怪不得一直不肯讲学校在哪里，那可是冰天雪地的北方，听说是男人在屋外尿尿都得拿根小棍的地方，伊怎能吃得消！”

梅英知道儿子离家几千里远，窝了一肚子气，埋怨一平心肠这么硬，瞒得这么好；但转念一想，又觉得孩子大了，心里能容得下事情，想到这里倒也宽慰了不少，随即自言自语：“菩萨保佑阿拉阿平顺顺利利、平平安安……”说着虔诚地双手合十。

玉琴却暗地里真心钦佩哥哥能考上这么好的大学，毕业后还是个解放军军官，多神气呀！哥哥真正是一个学习的好榜样，但在这样的气氛中，她不敢有所表露，而是选择了沉默。

① 骂街，当众谩骂。

二

1

伏诚落生在宁波镇海一个普通的家庭里，祝家居住在镇海城外靠近海边石塘下的祝家村中。伏诚的父亲用了一辈子的时间在海上打拼，漂洋过海，历尽了人生的沧桑，在村中建了一围平房，安顿了一家老少。家中有四个儿子，其中老三伏诚是几兄弟中长得最矮的一个，为此，伏诚年轻时常被人讪笑，这让他感到既自卑又窝火。但俗话说得好，“矮子多肚肠”，伏诚在个子上比不过别人，但他小点子多，自尊心也十分强，凡事总要争个高低。邻里乡亲知道他的秉性，茶余饭后相聚时，总有人挑逗着孩子们比赛爬树、游泳等。每每总是伏诚在同龄孩子中表现最突出，爬树爬得最快最高，像只灵活的猴子，一下子就窜到了高处；游泳时一个猛子扎进水中就不见人了，过了好长时间才在池塘的另一边钻出来，脑袋在水面上晃来晃去，围在池塘边看热闹的众人每每都拍手叫好。只有在比赛的时候，伏诚才自我感觉良好，自信从心中油然而生，眼睛散发出光亮，走起路来腰杆也挺得比平时更直。

伏诚读了三年私塾，但不太上心。在念书识字方面，伏诚从来就十分木然，看书久了会感觉书上的字一个个大起来，他不认识字，字当然也不认识他，两者互不吸引。看到后来就心烦意乱起来，连自己的头也大了，所以每次读书后，伏诚就像被霜打过了的茄子似的耷拉着脑袋，提不起半点精神。有一次二哥道诚拿他读书的事来说笑，说伏诚每次读书后很像一个收不到账的伙计，垂头丧气，呆若木鸡；但是一遇到要动手的事，就像变了一个人似的十分灵活。很多东西只要用眼一瞥，伏诚就差不多全记下来了，还能像模像样地做出来。

看到伏诚读书如此不长进，大人考虑到家里经济拮据，同时也担心孩子大了闲散着易惹是生非，因而在他14岁时，就托人带到镇江一爿裁缝店当学徒。所谓学徒，实际上就是搞搞卫生、干干杂务、跑跑腿，相当于师傅家中的一个免费佣人。

刚去的前两年，伏诚一直没有怎么正儿八经地学做裁缝，不是他不想学，而是不给学。春去秋来，一直到了第三年他才有所醒悟。在平时端茶送水或干杂役时暗自用心留意老板和师傅做各种活计，这样才学了不少东西。其中有位刘师傅比较喜欢机智灵活的伏诚，悄悄地指点了一些裁、缝的技术。快满师前，老板发现他已经有些基本手艺，便顺水推舟让他干了点正活。满师后又在老板店里低薪当了一段日子伙计，这时伏诚的裁缝技术已突飞猛进，并趋于完善。一年后他辞了老板，独自去上海图生存。

在上海给人当伙计挣了点钱后，伏诚在其母亲的催促、撺合下回镇海相亲、娶妻。妻子周梅英出生在镇海甬江南岸的一个小镇上，长得很标致，基本上不识字，但是女红方面的“功夫”相当扎实，钉纽扣、熨衣服都是她的拿手好戏。夫妇俩一辈子生了12个孩子，因为生活艰难，仅活下了一平和他的两个妹妹。一平排行第五，现在成了老大，是梅英的心肝宝贝。男儿承接香火的思想已经深入她的骨髓里，所以在她心里最疼的就是一平，依老家的习惯唤他“阿平”；玉琴是一平的大妹，排行第八；紫琴是小妹，排行第十二。

说起上海，自从鸦片战争后开埠通商以来，既会聚过中外豪杰、达官鸿儒，容下了能工巧匠、流氓瘪三，也是中国政府、英租界和法租界特别的一市三治。这里是红色的中国共产党诞生地，也是国民党反革命白色恐怖的策源地；这里是远东经济重镇、洋人的殖民地、富人的天堂、冒险家的乐园，也是附近江浙鲁皖等移民集结、芸芸众生寻找生计、建起大量棚户区和贫民窟的悲惨地。外国的、中国的，先进的、落后的，美的、丑的，红的、白的，黑的、黄的，异彩纷呈。旧上海不仅是国人屈辱和创痛的回忆、觉醒与抗争的纪录，还是经济畸形繁荣、独特的市政工商发展、欧美生活方式传播和人文社会风貌流变的一个大杂烩。

1936年初，伏诚单枪匹马来到上海，从给别人当伙计发展成自己开了一爿裁缝铺，为了打理生意，当年春节前便将妻儿接来上海。店坐落在虹口区溧阳路上，沿马路租了一层单间门面为店堂，二层是二房东的住所。小店雇了一个师傅和一个学徒，伏诚自己又接生意、又裁又缝，梅英钉纽扣、熨衣服，还把家中的生活调理得周到妥帖。祝家裁缝店的勤劳苦干在那条街上是出了名的，伏诚和梅英经常早起晚睡，做出的衣服针脚匀称、裁剪合身，因此渐渐有了不少老顾客，店中生意开始红火起来。当年年底盘点时除了给师傅、学徒的报酬和日常开销外，结余近百元钱。往后更是兢兢业业，因此小日子过得还算舒坦，像采贮了糖蜜的蜜蜂，整天虽忙忙碌碌，却也恬静满足。

2

精于裁缝、性格老实的伏诚哪里晓得，世界早已动乱，远东小日本侵略、掠夺中国的战火已经蔓延开来。远离北方的上海，那种稳定的生意人的生活节奏很快就被打乱了。当时日本帝国主义在侵占了东北以后，发动了“八·一三”淞沪战役，固守80多天后，上海于11月12日失陷。首当其冲的便是那些在苏州河以北营生的手无寸铁的普通百姓。伏诚和梅英也身陷困境，开始时只是关门歇业，但枪炮声搅得人提心吊胆，只好把师傅辞退，将学徒遣返。两口子实在舍不得抛下辛辛苦苦挣得的家业，便死守在家中，一天天挨着日子过。从来闲不住的伏诚在家中无所事事，如坐针毡，度日如年。

一天，门外传来邻居魏大伯和街对面钟表店祁老板议论讲话的声音，两口子也开门出来与他们一起聚谈。

祁老板垂头丧气地埋怨道：“这个仗越打越厉害，听说日本又增兵，炮弹已经落到吴淞路了。”

“吴淞路？那儿离这里只隔两三条马路，怪不得前两天听到爆炸声，连门窗都震得‘嘎嘎’响。”伏诚听后一惊。

梅英心里害怕，手足无措地不断念叨着：“那可怎么办？那可怎么办？”

魏大伯十分惋惜地讲道：“还有更可怕的事嘞，我小舅子家隔壁弄堂里阿芹嫂因有身孕，昨天躲警报时慢了一步，结果被日军飞机上的机关枪打中，抢救都来不及……”

梅英悲愤地叹道：“罪过！罪过！活生生的两条命就这样没了。”

“昨天日军飞机就在我们头上呼啸飞过，也听到‘哒、哒、哒’的机关枪声，真是危险呀！”伏诚再次惊悚道。

祁老板晃着他那圆圆的早已秃顶光滑发亮的大脑袋，摊着双手无奈又悲愤地劝说：“看来日本人是想占领上海，虹口是挨不下去的了，魏大伯、祝老板，还是去租界避避吧，活命最重要，那里日本兵不敢打进去。”

形势越来越动乱，人心越来越慌张，每个人脸上都写着茫然，像一只只离了羊群的羔羊，孤单无援，离开动乱的虹口成了唯一保住生命的出路。最后，伏诚与梅英只能收拾细软、放弃房产家什，怀着满腔悲愤夹在逃难的人群中，逃到了苏州河南面的租界。伏诚肩上骑着虚岁4岁的一平，梅英抱着才三个月大的女儿，由于一平的妹妹年纪小经不起折腾，不久就病死了，真是家破人亡，悲愤填膺。伏诚考虑再三，一家人待在租界非长久之计，就想方设法回到了宁波镇海老家。

伏诚的父亲由于一直在船上工作，一辈子漂洋过海遇到过不少风险，所以他决心不让自己的儿子上船出海。但镇海人多地少，四个儿子只好外出打工，自谋生路。在人们的心目中，上海滩是个遍地都是黄金的地方，既离家乡不远，又容易找到工作，所以兄弟几个陆续来到上海图发展。战事让兄弟几个又先后返回，伏诚一家是最后一个到家的。父母和兄弟妯娌高兴地迎接他们的到来，劝说财产是身外之物，人能平安就已经是天大的好事。一大家人有说不完的安慰、叙不完的家常，可是伏诚总觉得是隔靴搔痒，心中郁闷，不甘心就那样丢弃了辛苦挣得的上海裁缝店。虽然白天他也和父母兄弟谈天说地，但一到晚上夜深人静时，他便慢慢起身，不点灯，默默地站在窗前，凝视着月光下的天井。即使没有月光，他也会看着黑咕隆咚的天井很久、很久。梅英也会静静地起床，拿着一件夹衣缓缓、轻柔地披在他身上，陪他一起站着，不必说话，她也完全能明白伏诚的心思。

3

第二年夏天过后，听说上海局势稳定一些了，伏诚又只身前往上海；他的几个兄弟也相继再回到上海重新“打天下”。经过一年多的拼搏，又借了些钱，这次伏诚吸取了过去的教训，在英租界广西北路215号租了一间店面，熟门熟路地再次开起了裁缝铺。1939年秋又把妻子和一平接到上海，第二年夏生了一个女儿，叫蕙琴。生意慢慢做开了，尚能养家糊口。

祝家裁缝店附近的四马路等街道，书店、报馆和出版社林林总总有几百家，所以四马路在中国现代文学中的地位有史可查。此外，四马路靠云南路和西藏路之间的会乐里也是旧上海娼妓业之最。旧上海就是这么一个混合体，人们特别是年轻人生活在其中，不断地成长着、熏陶着、变化着，说不清是进行着什么样的“物理变化”还是“化学变化”。

有一天午后，伏诚接待了一位姓陈的男顾客，他拿了件领子式样新颖的两用衫，要求按他的身材做一件，第二天上午九点钟来取，他因急事要出远门。伏诚一听颇感为难，如果马上裁剪，时间尚够；问题是这种布料要先浸水，以防成衣后缩水。伏诚盘算了好一会儿，当天天气晴朗，下午的阳光晒在街对面，空气还是很干燥。伏诚心想：顾客这么急，肯定有些不能跟我们讲的特殊情况，时间是紧一些，只好晚上加加班，急人之急吧。因此就一口答应了下来。当即将布料泡水约一小时，搭在竹竿上，晾在门口上方阴干。傍晚布干了，又抓紧时间裁剪缝纫，熬夜做成。第二天上午九点陈先生来取货时，梅英刚锁眼钉扣、烫熨叠好，衣服还热乎乎的。陈先生一试穿十分合身，当即赞不绝口："祝老板说到做到，手工也好……"

"昨夜干到两点多钟，侬看伊眼睛都红红的。"梅英情不自禁地插了一句。

陈先生动情地连声道谢："辛苦！辛苦！"接着带着歉意说道："这次是没有安排好时间，对不起，下次再不会这么仓促。另外，我还要介绍其他人来做衣服。"付了钱，客人高高兴兴地穿着新做的衣服走了。

一个多月以后，陈先生还真的带来一位叫白大鹏的厂长。见面后拉着伏诚介绍："这位就是祝老板，为人热心，讲信用。"又给伏诚介绍："今天我给侬带来了白厂长，他要与侬合作……"

原来，白厂长经营一家枕头套厂，听了陈先生的介绍，认为伏诚做事认真、为人可靠，对素不相识的人都可以热心帮忙，是个理想的合作伙伴。

白厂长微笑着面对伏诚，开门见山道：“兄弟本人想请祝老板代销枕套，增加我厂的销售点。”说着拿出了样品，有双人的、单人的和小孩的，有绣花的、印花的和抽丝的，还有各种颜色和不同质地布料的。这让伏诚和梅英大开眼界，没想到枕头套还有这么多花样。

白厂长继续讲：“我们可以半个月或一个月结一次账。哪种样品销路好，侬来个电话，我马上派人增加货品；如果哪种货不好销，侬可以退货。”

伏诚想了想，问道：“顾客想配套买枕芯怎么办？”

“我是预备了侬要提这个问题的。给侬介绍个古老板，他专做木棉、芦花枕芯料，可以在他那里进货。” 白厂长胸有成竹地点头，笑着把古老板的姓名、地址抄给了伏诚。

对这一突如其来的好事，伏诚没有心理准备，他心想：这不会是什么圈套吧？但想想又好像不可能，因为是代销，卖掉了货才付款给白厂长；至于枕芯，那个厂离店不远，我可以卖掉多少进多少货。

说来也巧，那天他二哥道诚来南京路收账，顺路到家里坐坐，一了解这件事，当即与伏诚悄悄地咬耳朵：“这种合伙生意可以干。”伏诚这才像吃了定心丸似的，向白厂长表态同意合作。在商论了一些细节后，白厂长和陈先生满面春风地告辞了。

梅英急忙给道诚递了茶水并问好，道诚一边喝茶一边开口：

“三弟呀，侬现在业务多了，应该请些工人，要想赚钞票就要多雇用工人。”伏诚嘴上答应着，但心里有着自己的一杆秤，琢磨着卖枕套尚不知生意如何，还是自己先做着，这样心里比较踏实。

约莫半个月后，白厂长亲自送来了各式枕套，伏诚也要到了木棉、芦花枕芯料的样品，动手重新布置店铺前两侧的橱窗，陈列各式枕套、枕芯料和穿着服装的木模特。夫妻俩勤勤恳恳、精心打理，生意还算兴旺，收入比较稳定且稍有增加。从此饭桌上经常出现鱼、肉；炎热天还会叫一平去隔壁烟纸店买两瓶正广和汽水降降暑；伏诚甚至还有雅兴，学着有钱人家，一年有一两次带着全家去兆丰公园逛一天，欣赏花草林木、各色盆景和呼吸新鲜空气。去兆丰公园的那一天，最开心的是孩子，他们就像放出栅栏的马匹，跑呀、跳呀，尽情闹腾着，搞得满头大汗才作罢。

4

对于多年来挤在一间店堂的居住现状，梅英委曲求全地克服了各种困难，坚持了下来；但是作为一个女人那是多么不容易呀？她梦想能有一间房，一间属于他们夫妻两个人的房。随着生活有所改善，这个梦就特别清晰，这个梦想就特别强烈。

有一天，梅英终于鼓起勇气对伏诚开口：“是否再租间住房？一家人做事、生活都在店堂，还有雇请的伙计，很不方便。特别是夏天，我作为女人更加为难了。”

伏诚想到孩子正在成长还需要很多钱，能省就尽可能地省，考虑了一会儿说了一堆话："困难是有，我们且不说流落街头的，就说挤在棚户区和贫民窟的，那个夏天日晒闷热，冬天风吹冰凉，雨天屋漏水浸，相比他们，我们好多了。有饭吃、有衣穿，在市区有电、有自来水，出门有路，生活稳定多了，得知足。"听了这话，梅英思绪万千：怎么把目前自家生活比喻得像财主、富人家的生活似的。身为中年妇女已经憋屈了很久，我们工作做事生龙活虎，生活上尤其是伏诚也是精力充沛的，来到上海后却一直蜗居着、忍耐着。

梅英见伏诚有些迟钝，皱着眉头委屈地诉说："知足是应该的，就是生活方面很尴尬。譬如侬冬天可去澡堂汰浴，那种闷热的地方我可不敢去，要晕堂的；作为女人，夏天时洗漱更是别扭。唉！我多想有间房呀。"梅英一口气说完，眼中含着不满和期盼，她对那个事难以启齿，只好说汰浴了。

伏诚被说得哑口无言，只好算起细账来："我在二房东赖先生处打听过，他说：'每月租金除外，盘房费用三层阁四百、二层阁二百、店堂后过道也要一百。'我想过再租间住房，可是钱怎么办？"

说到钱，梅英的勇气已消去了一大半，不断嘟囔："三层阁有天窗，空气好；二层阁整天要开灯，层高太矮。当然首先是钱……"

"我看把后面的过道搞到手，后墙上开个小窗，侧面开个门通弄堂，这样前后通气；店堂和过道再装扇门，洗漱可在过道里凑合。" 伏诚合乎情理地接着讲道。

梅英被伏诚实实在在的主意说服了，她是个有难都让自己扛、自己忍的人，“要有一间房”真的仅仅是个梦想，但是梦想真的是难以成真，无可奈何地吐了一句：“那也只好这样了……”

但是有一件事他俩一议论就定了。伏诚想到自己小时候不懂念书识字的重要，少读了书，只能做个穿短衣靠手艺吃饭的裁缝，既辛苦挣钱又少，且社会地位低下遭人瞧不起，所谓“干一行、怨一行”。所以一定要让儿子读书，将来坐写字间，穿长衫，不愿子女再次重复他那辛劳的人生轨迹。旧上海是个只看衣衫不认人的地方，任何人离开家门去办事均得穿着像模像样的衣服，要不就会让人家瞧不起。按照这样的社会风俗，伏诚专门备有单的和呢料的长衫各一件，留作出门办事用。

梅英一听连连点头称是，能让一平念书真是让她高兴。鹰不仅啄食喂幼雏，而且要教其学会飞翔。一平7岁起就在附近弄堂里的小学上学读书了。

一平上学让伏诚和梅英实实在在地忙了好长一阵子：联系学校报了名；做了一套新衣服；缝制了一个海蓝色的布书包。那是一种斜挎大背包，中间还有夹层的，一平对它爱不释手，当天就挎着那个书包一起入睡呢。此外还专门买了一张小课桌，为了省钱没买配套的课椅，因为家里有小凳子，全家人特别是一平简直是乐坏了。

开学那天，天刚蒙蒙亮，一平早早就醒来，说要上学了。梅英怕他吵醒伏诚，赶紧从大棕绷床上轻轻地走过来告诉他还早，再睡一会儿。可他执意不睡了，斜背着书包坐在门口等着。第一天上学是梅英把他送到学校的。因为太早校门未开，梅英只好陪着一平在校门口等着。

上学后好几天，每天清晨天尚未亮，一平就会在睡梦中惊醒："阿姆，到上学辰光了吗？"梅英总是柔声地告知他："还早，到辰光阿姆会喊侬的。"但店堂就这么大一个，稍有动静就会把所有人都弄醒。有一天早上一平又醒来喊着要上学，伏诚被吵醒后骂开了："吵什么吵，天天搞得别人睡不好觉，到辰光会叫侬的嘛。"吓得一平眼泪汪汪，不敢吱声。

上学似乎让一平长大了许多，每天挎着书包认认真真地去学校，放学回家后便搬张小课桌到家门口的人行道边做作业，那股一本正经、老嘎嘎像个小大人的神态，叫人忍俊不禁。梅英看在眼里，喜在心头，祈盼着儿子快快长大。

三

1

伏诚的大哥善诚为人本分、性情憨厚老实，虽然说话做事有些木讷，但勤劳肯干、能吃苦，夫妻俩在虹口三角地菜场租用一个档口摆起了鱼摊，尚能养家糊口。二哥道诚机智、聪明，有雄心壮志，在虹口提篮桥北部租了一幢石库门房子，开办卷子面作坊。三兄弟都在上海市，来来往往遇事也有个照应。四弟梅诚多读了几年私塾后，在上海附近松江县泗泾一家竹木行当学徒。

善诚遇到生意上的事，特别是家务事经常与三弟伏诚讲。一个风和日丽的日子，摊上的鱼鲜已卖得差不多，善诚数了数从清早开始的零零碎碎的收入，盘算着今日能赚点钱。他边脱大围裙，边对他妻子阿珍说：“老太婆，等会儿侬收档，我到老三那里去。”洗了手，徒步走向广西北路。这边厢阿珍只是“嗯”了一声，没有多搭腔，望着善诚远去的背影，知道他又是去找那个脾气暴躁的三弟抱怨去了，她的眉头皱得更紧了。

善诚个子挺高，肥头大耳，国字脸，迈着大步，带着浑身上下里里外外都散发着的鱼腥味进了伏诚家。当然，他每次来总不忘带些种子糖、五香豆这样的小零食讨孩子们高兴。

打过招呼后，梅英递上茶水说：“大伯侬来了，喝茶。”

善诚接过茶杯，看着梅英夸道：“还是三媳妇懂事、有礼貌，把家里侍弄得妥妥帖帖。我家的那个母夜叉来客人连水都不倒一杯。”又转过脸对伏诚说：“最近我的账老是轧不弄，肯定是伊留了私房钱。那天伊二弟来，我装作打瞌睆，悄悄地看到伊塞钱给她二弟带回娘家，侬说气不气人！”善诚开始还心平气和的，后来越说越激动，声调越来越高，好像只有这样才能解心头之怨艾，才能排遣掉内心里的挖塞[1]。

伏诚早就看不惯大哥惧内，有些轻蔑地搭腔：“大哥，我早就讲过了，侬要给伊定点规矩，如客人来倒茶、做饭洗衣、倒洗脚水。老婆就是侍候老公的，该打该骂不能客气。侬要一客气，她就会骑在侬的脖子上拉屎尿尿嘞。”

“老三，侬口才好，有主意。找个时间去我家劝说劝说阿珍。” 实在走投无路的善诚点头称是后央求道，想请三弟给他出面撑腰。

伏诚立即回绝这个听起来十分荒谬的请求：“伊是大嫂，我是小叔，我怎么能去讲呢。自己老婆是要自己管的……”说这话时脸上显现出一股子恨铁不成钢的神态，声调也越来越高。

梅英急忙出来打圆场：“好了，好了。吃饭了。”

善诚在三弟家说了一顿，并不在意伏诚说话粗俗、尖刻。他在倒尽了心里的憋气和积郁后，气顺意兴，吃了饭以后就回家了。回家后还是不敢说、骂老婆，一切如故，过一段时间实在气不过，又来三弟处诉说一番，三弟家简直成了他的卸气筒和精神减压场所。

---

①郁闷，不痛快。也指难受，后悔得无话说。

2

善诚的大女儿乳名阿毛，一平见面就叫她阿毛阿姐，她的大名一平没问，也没想过要搞清楚。只知道这个大姐姐比爸爸只小了几岁，很喜欢自己。每次到家来一见到一平就会说："这么漂亮的小人好那么龌龊呀。"说着打一盆水来替一平"汰面、汰头颈、汰手"，直洗得那盆水成了黑水、一平脸色红润双手白净为止，像造就了一个漂亮的洋娃娃似的，阿毛满心欢喜地轻推一下，吩咐一平："快去给爸爸妈妈看。"梅英看着粉脸白净的儿子打心里开心，高兴地称赞："好看，好看，快谢谢阿毛阿姐。"

一平听妈妈说过，阿毛阿姐跟其父亲来上海比较早，她聪明好学，在上海上过小学、初中，还读了一年高中，在祝家来说，这是具有最高学历的女孩子了。阿毛阿姐思想新潮，打破了"父母之命、媒妁之言"的婚姻制度，自由恋爱而结婚，还背离常规地不举办婚礼，说"结婚是我们两人的事，婚礼不过是一种形式"。就这样，在办了法定手续后与姐夫住到一起了。祝家亲戚因这件事私下指指点点了好久。

姐夫听说是坐写字间的，偶尔来家里做客，一平很喜欢听他讲故事。姐夫在进门前总是看看门外周边，好像有什么东西掉落在外面似的，进门后往往坐不久就要走。姐夫穿西装打领带，皮鞋净亮，和阿毛一样，也特别喜欢一平，不是抱着他，就是让一平坐在膝盖上给他讲故事。一平常常听得津津有味，不时还提出幼稚的问题，引得大家哈哈大笑。当梅英发现一平被姐夫抱着或坐在他腿上时，她会立即喊道："阿平，快下来，别把姐夫的衣服弄脏了！"

"三阿婶，没有关系的。"但是一平还是挣扎着下来，靠着姐夫的腿站着，继续发问："狼外婆讲的话，小羊能听得懂吗？小羊会开门吗？"一平丰富的联想和稚气的问题，又一次引得大家笑开了。

离家前也是阿毛阿姐先到门口左顾右盼向姐夫示意后，才匆匆离去。一平感到很奇怪，也不知道为何要这样。

尽管阿毛阿姐结婚好多年，却没有孩子，在她与梅英讲闲话时，偶尔听到梅英建议姐夫去医院检查。一平又想不明白，有病才去医院吃药打针，姐夫高大结实，怎么要去医院呢？

一天，阿毛阿姐气冲冲、急急忙忙地赶来广西北路，极其气愤地对梅英诉说，"规平阿弟要结婚了，女方是邱老板的女儿，就是那个胖八怪"。更令她生气的是，规平不仅一口咬定非胖八怪不娶，而且还要入赘邱家。她完全不认同弟弟和邱家女儿的婚事，认为弟弟完全可以找到一个至少在外形上与他比较匹配的女人，不求貌似天仙，但至少也不会是胖成大象腰的那种女人。面对弟弟的顽固和决不妥协，她急得像热锅上的蚂蚁，却又毫无办法，所以直接跑来三叔家，希望婶子能想出什么好法子。但梅英被她这么一急，一时半会儿也没有了主意。

"我也听说过那个女孩脾气很大，"梅英也不知道如何劝解，"怎么会出这样的事，这可怎么办呢？"

3

善诚的儿子叫规平，夫妇俩本来指望聪慧灵秀的阿毛阿姐长大后能有所出息，但她成年后的所作所为越往后越不让人省心。特别是结婚那件事更让他们尴尬，在亲戚中很没有面子，他们俩只能把希望寄托在规平身上。

夫妇俩省吃俭用硬是把他培养到高中毕业，但规平没考上国立大学，私立大学又上不起，经人介绍到一家营造厂当学徒。老板邱锦华在承包工程中很重视质量，口碑极佳，名气上乘。而规平是个老实规矩人，比较内向，但人挺聪明，算一算、画一画还很可以，因而深得老板赏识，时不时还给他加点薪水。

锦华有个独生女儿姣丽，比规平小两岁，嗜吃，什么白脱、巧克力、奶糖最是喜欢。满月的脸，五官尚端正，尽管身高不算太矮，但胖得成个肉砣，不见脖子，远看像是大木桶上顶着个球。商店里最大号的衣服都穿不进去，只能量身定做。姣丽初中毕业后上了高级专科学校，学的是会计专业。毕业后就在父亲的厂里当会计管账。

随着营造厂生意越来越旺，锦华各方面都要应付，感到身心疲惫，想找个得力的帮手。在厂内这些人里，也只有祝规平头脑清晰灵光，人又规矩，工程方面拿得起来。锦华很想招他为女婿，入赘邱家。几次找人暗示、旁敲侧击，规平就是没有一个态度。其实规平心里很清楚，姣丽要长相没长相，要温柔没温柔，平时发起小姐脾气时盛气凌人，厂内同仁们都忍气吞声不敢跟她计较，对于这样的女孩，他实在不敢恭维，找这样的人做老婆，往后的日子怎么过，怕自己无法“消受”。

可是姣丽在第一次看到规平时就暗暗喜欢上了他。那是规平第一天上班，与邱老板谈话后，从老板的办公室出来，刚好一头就撞上了手里抱着一大摞财务报表正要进厂长办公室的姣丽，手里的资料散了一地，姣丽被吓了一大跳，立即火冒三丈，刚想开口骂“侬瞎眼呀”，可话尚未出口，只看到眼前的这个小伙子卖相好，全身散发着一股英俊气，而且还红着脸在一个劲儿地道歉，像一个做错了事又极害羞的小男孩，姣丽被他那帅气又天真的气质吸引住了，对他不仅没有厌恶而且还有点喜欢，从此心中悄悄地就多了一个规平。工作一段时间后，姣丽发觉规平比别人聪明，工作比别人勤奋，很短的时间内就熟悉了业务甚至比别人更懂行。姣丽有事没事都喜欢往规平那里跑，有时是假装请教一个会计算术问题，有时是要求帮着修理一下她的小提包，到后来干脆就直接站在旁边深情地看着规平修改图纸等。每当这时，规平都会全身不自在，甚至产生了厌恶情绪，但因为她是老板的千金又不敢怠慢，只能一忍再忍。再后来，姣丽感觉到父亲对规平和对其他人有些不一样，并窥探到规平也是父亲中意的人，但碍于自己是个姑娘家，不便主动张扬，很费思量。

这件事让锦华的侄子贵庆察觉到了，这天正好叔侄两人在拉家常，见锦华愁眉不展的样子，贵庆就迎上前去说道：“叔叔好像有心事，是不是胖妹妹的婚姻大事？”锦华看着侄子，尴尬地点了点头。

贵庆见情况如他所料，便放大了胆凑近锦华并狡黠地出了一个点子："这件事要想个办法，如此这般……如果叔叔同意，我就来安排，不过姣丽也要配合一点。"听了这番话后，锦华紧锁了几个月的眉头终于舒展成了一朵怒放的花，他长长地舒了一口气，心里思忖，只要能把事情办成，也顾不得那么多了。锦华看着侄子，赞许地点了点头。

三天后，贵庆张罗着要给他堂妹姣丽过20岁生日，在厂里摆了几桌，请全体同仁会餐。锦华宣布，因为孩子过生日，一律不收礼，免得女儿折寿。大家一听既不用送礼又可会餐，就高高兴兴地都来了。

贵庆兴高采烈地张罗着宣布："今天是堂妹生日，所有年轻人坐一桌，咱们自由自在地开心一下。"

锦华附和着赞同："好！好！让你们年轻人快活快活。"脸笑得有些变形，像是抽了筋，好在大家都没太注意。

当晚一共摆了三桌，锦华和上了年纪的人坐了两桌。开餐后又是祝贺又是敬酒，气氛热烈。酒过三巡，锦华推说身体有些不适，吃了一碗饭就离席了。那两桌上了岁数的人一轧苗头[1]知道，这是老板怕年轻人放不开，也就匆匆与姣丽打过招呼，讲些祝贺的话就离席了。剩下一桌年轻人酒兴正浓，无所顾忌地又是敬酒又是猜拳，又是豪言壮语又是嬉笑玩耍。最后，除了贵庆一人清醒外，其他人都喝高倒下了。

---

① 看出事物的迹象，见机行事。

这时，贵庆走到规平跟前，拍着规平的脸，叫了他几声没有反应，知道规平已经醉得不省人事。于是费尽力气把规平和姣丽送到了姣丽的闺房，脱了衣服和鞋子放在了床上。

第二天早上，姣丽醒来发现身边还躺着规平，就故意大叫了起来，规平被惊醒后，看到自己光着身子与姣丽睡在一起，全身打了个激灵。这一惊非同小可，睡意立即消失得无影无踪，脑子一片空白，想不起这是怎么一回事。待邱锦华一家人冲进来时，房里简直乱成一锅粥。姣丽又哭又闹、不依不饶；规平不衫不履、又惊又怕；锦华和贵庆故意又喊又骂。闹腾得一佛出世、二佛升天。

出了这么一件让人羞愧的事后，锦华严肃地与规平谈话。问他姣丽的名声怎么办？以后怎样做人？又是数落又是暗示，最后规平只好答应一定娶姣丽为妻，并尽快请人来说媒；同意入赘邱家，一辈子善待姣丽。

这桩婚事让祝家和他们的亲戚都感到蹊跷，觉得新郎新娘就是不般配，但规平一口咬定非姣丽不娶！善诚夫妇和他姐姐阿毛没法可想，只气得直打哆嗦。

自从姣丽与规平结婚以后，锦华总觉得全身乏力、多尿，做什么事都打不起精神，尤其是常有胸闷、心绞痛、虚汗淋淋、恶心，还伴有恐惧感。这下把全家人急坏了，每天药医不断。营造厂的业务已逐步压在规平身上，规平兢兢业业地经营着，生意还能维持。

随着时间的推移，锦华的体质每况愈下，对厂里的业务已经无力照应，完全脱身。姣丽是霸道惯了，结婚后不管是厂里还是家里，她都掌控着人权、财权，很多事后来也不请示其父，还不理会规平，直接自己定夺，年少得志，便越发骄横、独断专行。当规平知道他的婚姻其实是一场“阴谋”，而且自己已经跳进了别人挖好的坑，心里很清楚有姣丽这个母夜叉在坑里拖着、拽着，这辈子也别想有跳出来的时候，就越发郁闷，常借酒浇愁，在他年轻的脸上过早地显出了颓废的迹象。

规平丧父后把寡母接到邱家时，姣丽竟定下三条规定：一不准与他们一起吃饭，祝母要自做自吃；二不准用他们的厕所，另给马桶；三不准在生活费外另外给钱。这三条规定传到祝家亲戚那里，群情激奋，指责之声纷纷，但都无可奈何。据说阿毛阿姐愿意接其母去她家住，尽管她家住房很小，但大伯母一口拒绝：“养儿防老，我就是靠儿子的。”

梅英与一平谈及此事时就直叹息：“规平这个不肖子孙，怎么可以这样对待亲生母亲呢？”

一平立即应道：“阿姆，我将来一定挣大钱给侬用。”尽管是童言不能算数，但梅英爱听，一把将儿子搂在怀里。

4

一平上学以后与外界接触多了，上学的路上尽是店铺，看到了不少新鲜事。有一天下午放学后竟然看得忘记了时间，回到家时天都快黑了。一平刚进门喊了声：“阿爸、阿姆。”

伏诚正因久久未见一平归来，心里急得像热锅上的蚂蚁般烦躁不安，立即大声责问："侬怎么这么晚才回家！到哪里去了？"一平被这种声势吓得神情紧张，口吃地答不上来。

一平那副低头装哑巴的样子又激怒了伏诚，他更加上火并直吼了起来："小鬼头，不打侬不讲实话是吧？"边吼边拿起长尺就打。头一两下一平还哭了，之后便忍住哭鼓着眼睛任伏诚打。

梅英赶紧过来护着说："阿平，怎么会这么晚回来？侬讲呀！"同时一把拉过一平，结果有一两尺打在了梅英身上。

"都是侬把伊惯坏了……"伏诚气呼呼地冲着梅英，望着抱作一团哭哭啼啼的母子俩，越看越不顺眼，嘴里骂骂叽叽地一抬脚朝门外走去。

剩下娘儿俩，梅英心痛地摸着一平的小屁股，告诉他大人久久不见他回家，心里着急，怕在外头出了什么事。后来极其严肃地问一平："痛不痛？侬到底去做啥了？"

提起一路上新奇有趣的事情，一平忘了刚才被打的痛楚，神采飞扬地讲开了："阿姆，路上有许多好看的，特别是表摊上的老师傅，一只眼睛戴着圆筒镜子，滑稽极了。他一会儿拿个可细的螺丝刀拧拧，一会儿拿个小刷子刷刷，就一会儿工夫，那个小小的表就修好了，神奇极了。"梅英告诉他表小，里面的零件更小，所以要戴圆筒放大镜才好操作。一平随口告诉她长大后也要去学修钟表。梅英被他这个天真的想法弄得哭笑不得。一平继续说："看着看着后来感觉到天在暗下来，我就赶紧往家走。"讲到最后简直是兴高采烈。

一平活泼天真的回答感染了梅英，心里像喝了蜜一样甜美，但她还是耐心地告诫一平："马路上车多很危险的，大人担心侬呀，以后放学要早点回家。阿平啊，侬要听话，好好读书长口气，阿姆将来就靠侬啦。"一平依偎在梅英身边，似懂非懂地连连点头。

一肚子火的伏诚在大街上转了几圈，慢慢地冷静了下来，此刻有些后悔自己刚才的鲁莽了，觉得应该让孩子慢慢讲清楚。但是每当想起内心深处那个无人知道的秘密时，伏诚很快又原谅了自己。

伏诚结婚后，曾因为一个偶然的机会到过宁波。有朋友介绍说当地的张铁嘴能预测未来，而且一算一个准，可灵了。于是他也花了不菲的费用去那里算命，他问了两件事：自己的前途和婚姻。张铁嘴最后送他两句话：事业是"北方大利"；婚姻是"吵吵闹闹，白头偕老"。从此之后，伏诚增强了去上海图发展的信心，而且到上海打工后开了店，正应了张铁嘴的预测，因而对他的话更是深信不疑，结果把后八个字作为处理夫妻关系和家庭生活的金科玉律，至高无上，马虎不得。因此助长了伏诚凡事由着性子来的气焰，放纵了自己的脾气。但是他把这件事藏在心底深处，因为他相信天机不可泄漏，家里人谁都没有告诉过。一群像伏诚那样的信徒，造就了张铁嘴那样的兴旺，凭伏诚他们的学识和思考能力，哪里知道这是张铁嘴胡诌和骗人的伎俩。当时宁波人去上海图生存是一个风行了几十年的潮流，上海正在宁波北部；至于"吵闹"才能"偕老"，那更是胡说八道，真正影响了一个家庭及其周边人们一辈子的和睦生活。就像鱼不能跳出水面来看清楚那是什么水，更甭提懂得水是由氢和氧化合而生成的原理。

在街上转了几圈，直到气消了，伏诚才回家。

5

一平家门口就是马路，虽不是热闹的大道，但车辆行人也不少。隔壁有条叫福祥里的弄堂，不算太宽，过路行人却不少。住在福祥里弄堂口二楼的蔡东海在他家一楼的楼梯口堆了几张桌子开麻将摊，所以他也成了众所周知的蔡老板。

天气晴朗时，有人来赌就在弄堂里光明正大地占地摆台子，多的时候可有七八十来桌，弄堂就成了麻将的天下，洗牌的“哗啦”声连成一片，用蔡老板的话说，“这是地道悦耳的麻将交响乐，清脆、响亮”。这样一来，好长一段弄堂就变成了蔡家的私人园地了，过路行人得靠边侧身通过。如果行人拿着东西或大件什物，就得更加小心翼翼地走，如同踩高空钢丝，战战兢兢。但谁也不敢对此吱一声，想到蔡家是黑白通吃，就只能忍了下来。

有一天，住在福祥里18号的秦阿姨背着一件用床单包着的被子，体积比较大，走过麻将桌旁时碰了一位姓聂的赌客。聂赌客此时赌运不佳，正愁没处发泄呢：“侬撞人了！怎么不理不睬的就想跑掉呢？”

秦阿姨不在意地继续往前走，蔡东海闻声赶到，堵住秦阿姨，与她理论。秦阿姨露出一脸为难和无可奈何的神态，连连赔不是。

突然，围观的人群中钻出个青年说了句公道话：“这弄堂本来就不宽，是大家进出的通道，怎么可以摆麻将摊呢？再说人家已经道歉了，干嘛还要这么凶！”

蔡老板一听，心想这不是冲着他来了吗？出口就骂：“小赤佬，要侬多管闲事，教训教训他。”说着右手一抬打了个漂亮的响指，几个面带凶相的壮汉立即把那个青年围住，劈面袭来的就是狠狠一掌，之后几双手脚像下暴雨似的噼里啪啦落在了他年轻的躯体上。有人报警，秦阿姨胆小怕事就趁势溜走了。

警察来了，一见蔡老板，脸上立即堆满了讨好的笑容，还卑躬屈膝地请蔡老板放心，他会立即替他解决麻烦。可怜的青年不仅挨了顿毒打，还被警察严厉地训诫了一番，触足霉头的他垂头丧气着狼狈地走了。从此以后，弄堂里的住户就更加忍气吞声了，走路也比以前更加小心翼翼。

一平经常看到麻将摊来了四个人，一叫蔡东海老婆易秋棠“老板娘……”，秋棠马上答应着“来了……”，立即安排人抬来麻将桌、麻将、凳子准备开台。一平曾不解地问过梅英：“那个姓蔡的和他老婆平时都好凶，怎么有人来开台他们就客客气气、笑脸相迎呢？”梅英告诉他，去开台是要抽头的，即赢了钱后要给蔡东海他们分两成到三成，或者是一个钟头给多少钱。只有盼望天下雨，摆不了麻将桌，弄堂里才显得宽敞些，但雨天小孩子也没法出去玩，大多数人也很少出门，弄堂即便走起来顺畅也没有多大的意义了。

6

一平家的街坊邻居有好几个年龄与他差不多大小的孩子，牙医的三子石仁毅、酒店店主的儿子袁振堂、烟纸店老板的小儿子包鹏飞都还玩得来。几个孩子经常邀聚在另一条弄堂武陵坊玩。这条武陵坊弄堂宽而短，是一条死胡同，弄堂里很少住家，最里面有一个中药材仓库，经常有卡车进进出出。有车来时几个小孩马上暂停游戏躲到拐角处，然后跟着车到仓库门口看热闹。只见满车都是装得鼓鼓的大麻袋，这时空气中弥漫着一股怪怪的中药混合味道。有些麻袋封口处脱了线，掉出来不少药材，看上去像是些粗粗细细、长长短短的树枝。

最后卸完了，卸货工人看这几个孩子好玩，会把掉出来的药材每人给一根："这是甘草，甜的。"孩子们将信将疑，最后还是一平成了第一个"吃螃蟹"的人，他试着把外皮啃去，咬一丝枝干在嘴里嚼了一嚼，便高举着咬过的枝干尖声地喊："是甜的，清甜清甜，还有一点点香嘞。"于是大家才嘻嘻哈哈地嚼开了。

待卡车开出弄堂，鹏飞叫喊："我们还刮'豆腐'刮子吧。"这游戏是刮一种用十支装的香烟纸盒，两面剪下来，十字交叉叠成的方形纸片。刚才鹏飞输了，他急于"开战"要赢回来。

"喂！我摆好了，该侬刮。"鹏飞放了一枚刮子在地上，冲着振堂叫道。

振堂围着地上的刮子转了一圈，寻找破绽好下手，然后边扔边“嗨！”了一声。结果偏了一点，没有撼动地上的刮子，接着仁毅、一平也都没有撼动，这下由振堂放刮子在地上，再轮流刮。轮到仁毅刮时，一下子就把地上的刮子翻了过来，仁毅正要收起地上的刮子，振堂迅速用脚踩着大声叫唤：“刚才侬是用手翻过来的，不算数！”

仁毅一边辩解道：“不是的，我是摔在它上面让它翻过来的。”一边要推开振堂的脚。他俩见嘴说无用，开始你争我夺地扭打在一起了。鹏飞、一平来劝架，才把他两人分开。

论“武功”，仁毅敌不过振堂，因而他气愤地用食指刮着脸面羞着振堂：“侬赖皮，勿要面孔，不跟侬白相[①]了。”说完就走，几个伙伴不欢而散。这种事情在他们一伙中是经常发生的，就像潮落后还会有潮起，没过一天他们又玩在一起了。

7

一平家隔壁是个丝棉店，一平没事就会在门口看，一看就是几个小时。店里有好几个伙计，如果顾客要做被、裤、袄等，那就得拿缝制好的被套、夹的裤、夹的袄来到店里，选好中意的丝棉，伙计就可以帮顾客“翻丝棉”了。一平看着伙计们绷松丝棉套，手撕成张，摊铺平整，把上下层少许丝捻成小结固定，再把布套翻过来就成了。开始只是好奇，看多了，也就把操作方法记

---

①游玩，玩耍。

住了，如果人大一点有力气的话，一平都可以去“翻丝棉”了。为此，一平在那天晚餐多吃了一碗饭，以为这样就能快些长大、就会有力气，结果弄得肚子胀痛，难受了一夜。

一平最感兴趣的是挨着丝棉店的酒店。酒店主要卖散装的白酒和黄酒（绍兴酒）。街坊邻居经常拿着空酒瓶去打一斤八两；酒店也备有几张方桌和少许下酒菜，如花生米、五香豆、油氽豆瓣、豆腐干等，供人们在店里小酌。

每次酒店进货，一平必是第一位小观众。要是来了白酒，那个场面可大了，一部大卡车，车上就装两个大坛子，那坛子有一个成人肩膀那么高，又圆又粗大。

当卡车在酒店门口停稳以后，伙计们便从店里搬出几十个小坛子。那种小坛子空时一个人手伸入口内可以拿两个，装满酒时要两个人合抬一个才能搬进去。伙计们把空的小坛子放在卡车后部，然后拆开车上大坛子的封口，用一根像一平小胳膊那么粗的黑色橡胶管子，一头伸入大坛子，另一头先是左手拿管子往大坛子里伸去，再把管子拉出来，快到坛子口赶紧用右手掌把管口封严，迅速把管子就近朝一个小坛子口里一送，白酒就会自动流入小坛子。当这个小坛子装满后，伙计再用右掌封严管口，迅速把管子转移到另一个小坛子口里。

一平会紧跟着主要操作的伙计，围着卡车转。他真想爬上车去看个究竟，但每当他稍靠近卡车时，就会被伙计吆喝：“唉，唉，离开远点，别碰着侬了！”看上去一平比伙计还“忙”呐，但就是没办法接近“目标”。一平想，白酒怎么会自己流过去?

待把白酒卸完，满街都飘荡着酒香。

有时卡车送来一车小坛子，那是黄酒，每个坛子上都有很厚的泥封。这时伙计就把卡车后部的跳板斜搁着地，两侧有人扶着一个个坛子顺跳板滑下，到地面后另两人用扁担和装有活套的粗麻绳，套住酒坛下部抬入店内。一平觉得卸黄酒没有卸白酒好看、好玩，就无趣地走开了。

平时上酒店去小酌的都是清一色的男人，有一次酒店里竟传出了女人的尖骂声，接着又有男人的吼声和混合着拍桌子声，并随即传到了一平的耳朵里，强烈的好奇心吸引着他赶紧去酒店看热闹。

在男女两人的争吵中，众人听明白了，原来是男的没有工作，还把家里女人留着仅有的买米钱拿来喝酒了，女的发现后找到了酒店，男的却蛮横地埋怨女的来酒店闹事，丢了他的脸面。在伙计和围观人们的劝说下，两口子总算回家了。

后来听酒店伙计讲，那个姓欧的男子，以前在上海华通电气厂当技术工人，工钱很高。但他好酒，终于因酗酒造成重大事故，被工厂开除了，失业在家已有一年多。但狗改不了吃屎，只要手中有一点钱，就会来酒店坐在一张方桌旁，要一点花生米、豆腐干下酒，喝上大半天。中间还会走腔错调地哼几句“我好比笼中鸟……”最后摇摇晃晃地回去了。

对于酒，小小年纪的一平曾是有过一次经验了。记得有一次在二伯父家吃饭，不知怎么二伯父高兴了，就叫一平尝尝他喝的白酒，一平看着姆妈，梅英提醒着点了点头：“既然二伯父说了，侬就抿一点点。”一平没有掌握好分寸，一抿抿多了，白酒一到口中咽喉就把他呛得厉害，感觉有很多辣椒粉粘在喉咙里，又像带针的滚筒在咽喉中狂刺，呛得一平眼泪都流出来了。大家看着哈哈大笑，从此他再也不敢碰白酒了。看着酒店里姓欧的他们都那么嗜酒，一平没有想明白，怎么喝这种辣辣的酒比吃饭还重要？

南货店也和一平家是近邻，它的柜台里和靠墙立柜上摆满了南北各省特产的商品，五颜六色的各种干果、果仁；五花八门的总多南糖[①]、糕饼；五味五香的诸类调味品、香料等，林林总总吸引着人们的眼球，招徕着顾客前去购买。

有一天，一平用竹制的下面装有四个小铁轮的坐车推着妹妹去玩，走到南货店门口遇到常在一起玩的几个小朋友，大家就在附近玩开了。在这堆小孩中，也只有一平长得好，白白胖胖的脸，端端正正的五官，清脆响亮的童声，一股稚气天真的样子，深得周围人的喜爱。

这时南货店正好没什么生意，几个伙计在柜台里谈天说地，一个高个子的年轻伙计说："这个小囡神气活现，蛮好白相的。"

挨着他年纪稍大的伙计接着说："这是隔壁裁缝店的小开，小囡长得多好，唉！我要有这样的儿子就好喽。"

年轻伙计知道坐车里的是他带出来玩的妹妹，蹑手蹑脚把坐车连人一起扛到店堂，还拿了几块南糖给她，小孩也就安静地津津有味地吃上了。

一平他们一伙正嘻嘻哈哈地欢腾着玩得起劲……突然！一平

---

① 南方生产的糖食。

发现妹妹连人带车不见了，这下可把他急坏了。他想自己明明把坐车放在南货店临人行道柜台边的，怎么就不见了呢？几个孩子沿着马路和弄堂里找了都没有，有人提醒是不是被家里人推回去了，一平转身拔腿就朝家里跑，三步并作两步到家一问，阿姆说没有呀。伏诚和梅英都忙着做活，一听小女儿不见就急了，梅英拉着一平要他带到玩的地方。

大人出面来寻找小孩，问题就“严重”了。正当梅英四处张望，目光与南货店年纪稍大的伙计相视时，那个伙计用手比划着不断指向店堂内，梅英走近柜台朝里一看，小女儿高兴地叫了一声：“姆妈！”引得在场人都哄笑起来。

年纪稍大的伙计赶紧搭腔：“老板娘，不好意思啊，阿拉跟伊白相。侬儿子长得好噢，真是有福气呀！”

梅英松了口气，不好意思地说：“没关系。阿拉儿子玩性重，刚才勒陌生头[1]跑回家，哭出胡拉[2]说妹妹不见了，所以我跟着一起来找了……谢谢你们照看阿拉女儿。”一平刚才紧绷着的那根弦立即松下来了，如释重负似的尴尬地靠在梅英身边。梅英听到别人夸她的儿子长得漂亮，心里心外都笑成了一朵花，一只手温柔地摸着一平汗湿的头。

---

①突然，突发事件。

②形容欲哭未哭的样子。

四

1

包鹏飞和祝一平是在同一年上学的，他们在同一间小学，不仅是同班，而且成了彼此的第一个同桌，在学校互相多了一个玩伴。

鹏飞那时候属于班上少数几个有钱花的学生，成为班上同学羡慕的对象，一平也曾暗暗羡慕过他。因为包家家境相当富裕，他表现一般，什么都不做，同学们还能听他的，有点小威望。

包家开的烟纸店货物品种繁多，什么老刀牌、大前门等各式香烟，有十支二十支盒装的，还有五十支装一听听的；不同品牌的雪茄，有十支装成一盒的，也有一支一支昂贵精致包装的；有学生用的各种练习本、文具，连橡胶擦都有好多种；针线、纽扣、松紧带；各种纸张，既有包装用纸，还有画画的宣纸，等等。

尤其是临夏时，包家会把门口两个柜台中的一个柜台撤下换成雪柜，卖各种清凉饮料，有正广和柠檬汽水、橘子水和莎氏，还有各种雪糕、棒冰等。烟纸店的生意做活了，销量大，转手就能挣钱，所以包家相当有钞票，这从鹏飞的穿着和随意花零用钱就能看出来。

一平遇上鹏飞在小摊上买零食，会装作不理不睬地离他远远的，因为一平身上从来没有零用钱。每次鹏飞想分一点给他时，一平都以不爱吃零嘴为借口大大方方地拒绝了他的食物。有了几次，鹏飞就真的认为一平不爱吃零食，往后他买了零食也不问他要不要了。其实哪个小孩不爱吃零食呢，比方说有些咸的东西一平就十分喜欢吃，只是他嘴硬罢了。

镇海老家的妯娌，偶尔遇到有人来上海，总会麻烦人家给一平家带些糕点，如苔条饼、香糕和一种炒熟的黄豆与粳米磨成的炒末粉等。那些都是带甜味的食物，由于一平对甜品具有潜意识的“排斥”，所以连尝一下他都不太愿意，而伏诚和梅英平时忙，根本就没有时间吃这些东西。一时吃不完，为防潮湿发霉，梅英就会找几个空罐头盒装好，还特地只告诉一平食物藏在哪个角落，是专门为他准备的。

可是半个多月过去了，当梅英有闲暇打开罐头盒看时，仍然原封不动。起先还以为一平不敢自己去拿呢，因而在放学后特地把一平拉到身边问道：“阿平，我给侬留的这么好吃的糕饼，侬都没有动过，怎么嘞？”

“嘻嘻，阿姆，我每天上学做功课，没有想到要去吃那些东西。再说那些东西都带糖分，甜的。”一平憨厚地笑了笑对梅英说。

梅英一听，一把将他紧紧搂入怀中，心疼地叫着：“戆大呀，戆大。侬真正是个小戆大。”令一平甚是动容。为了说服一平吃这些好东西，她细细地给他描述起来，苔条饼有一股苔条味道，又香又脆；香糕硬硬的，嚼起来另有风味；炒末粉呢，干吃也行，最好是盛一点在碗里，放些白糖用开水拌匀，吃起来那真是个又香又甜，说着还主动要去拌一碗让一平尝尝。她放开怀里的一平，转身就走进后面偏灶间去拌了。

一会儿，她拿着一碗调好的炒末粉递给一平。一平当即用小调羹舀了一匙放在嘴里，是黄豆粉糊糊，甜甜的，顿觉香气扑鼻，接着就一口一口品尝起来。

一平边吃边问为什么炒末粉吃在口中没有粒粒的感觉。梅英坐在旁边一边看他吃，一边给他细细地解释。

她说炒末粉做起来可复杂了，先要把洗干净的黄豆和粳米阴干，再用干锅煴火炒熟而且不能焦，后用粗磨磨了第一道，再在细磨上磨，因而颗粒极细，简直能与市面上卖的面粉的细度媲美，这样吃起来自然就细腻润滑了。

一平感到，大人们要做好一件事，总会动脑筋、用手段，觉得在镇海老家的那些婶婶们简直就是语文课本上说的勤劳采蜜的蜜蜂了。于是，那极细的炒末粉就深深地印在了他的脑海里。

2

有一天放学后，一平与鹏飞一起回家，在路上看到两三个比他们大一点的孩子脚上穿着滑冰鞋，溜滑在人行道和马路上，一路滑过去，可神气了，很是抢眼，这让他们俩眼红不已。

鹏飞望着远去的背影，痴迷地说："我也要买滑冰鞋，也要在马路上溜溜。"

一平听后兴奋地告诉他："我曾在浙江路大马路口的永安公司里看见过有卖滑冰鞋，还站在柜台前仔细看过，下面前后各有两个轮，精巧极了，是铁做的。不过可能要花很多钱。"

“不对！应该是钢做的才对呢。”鹏飞立即反驳说：“不管多少钱，我问家里要。但不知道在几层楼的哪个柜台？”

一平自告奋勇地说可以带他去那个柜台，还把柜台的摆式给讲述了一番，绘声绘色地告诉他：“永安公司在浙江路上的高楼上面还有两座天桥，侬去走过没有？两幢大楼在那么高处还可以相通，太有劲了。我就是在那里一楼的一个柜台里看到了滑冰鞋，一只平放着，另一只侧面斜搁着，有好几双呢。”鹏飞被说得蠢蠢欲动了。

第二天下午，鹏飞来上课时手里多提了一个包。课间休息时他偷偷地打开露给一平看，一平顿时惊叫起来：“滑……”声音还没有完全发出来，鹏飞就迅速地用手捂住了他的嘴，慌张地望望周围的同学，示意他不要吭声。

在下一节课里，他们俩就不知道老师讲些什么了，急等着下课好仔细看看并玩玩那双滑冰鞋。虽然坐在课椅上好像在听课，其实他们内心却十分焦急地盼望着下课，似乎那节课挺长、挺长的，真有一种度日如年的感觉。

等待了很久的下课铃终于响了，他们俩早就整理好了书包。待同学们离开了教室，鹏飞迫不及待地拿出他的滑冰鞋，小心翼翼地放在桌上，一平敏捷地抢过一只想仔细地看看。

这下鹏飞急了：“侬不要拿呀，小心碰坏了，再说我自己都还没有试过呢……”他一把又夺了回去。

“侬不要小气嘛，先穿那一只，这一只我先看一下啦。”听到一平说他小气，鹏飞这时才很不情愿地递给一平一只。一平顿时就激动起来，滑冰鞋的轮子是红色的，拨动它一下可以转很久，鞋中间有一个螺丝能调节长度。钢片很薄，铿光闪亮，煞是好看。那时，一平多么渴望自己也能拥有一双这样的滑冰鞋，心里滋生出对鹏飞的极度羡慕。

可是一平还没有看够，鹏飞就把他手上的鞋抢过去穿上了，穿好鞋快速地站起，刹那，一个不稳差点摔倒。好在周围是课桌，一平也立即伸手扶住了他，鹏飞就一屁股坐回了椅子上。

他央求一平："侬帮我拿下书包吧。"然后试着小心翼翼地再次站起，晃动着身子，双手交替扶着课桌，比老太太走路还慢。

刚出教室，可能最后一步跨大了一点，重心不稳就"嘭"的一声摔坐在地上。好在鹏飞灵活，待他再站起来一平扶着他时，迈步便比较稳一些了，一小步一小步前进着，中间有两步似乎还滑行了一下，多走几步后慢慢脱开了一平。一平跟在鹏飞后面像极了一个忠实的跟班，一平这样屁颠屁颠地跟在他屁股后面，是想用真心打动他，希望他不好意思一直独享滑冰鞋，也能让自己玩一会。

几天工夫，鹏飞就可以自己滑行了，兴奋得不得了，好像饥渴的孩子吃到了一碗桂圆蛋汤。鹏飞逐步熟练的滑行技术，让他的自信心大增，马路开始成为他挑战自我的下一个目标。但一平对他在马路上滑行一直觉得有些疯狂，因为马路上那些没有长眼睛的车辆不会因为鹏飞是一个小学生而避着他，会给他让让路或减减速，空出道路来成为他的溜冰场。在马路上仅有速度快慢而没有长幼之分。

果然在一天放学后，鹏飞穿着滑冰鞋，边滑边与一平并肩走出学校弄堂口，鹏飞正要跨下人行道准备滑行时，突然有一辆黄色轿车快速向人行道冲来，正对着鹏飞。这时鹏飞因滑行惯性没法躲闪，眼看就要被迎头撞上。在旁边的一平看到那辆直奔过来的轿车，顿时惊骇不已，说时迟，那时快，他伸手用力拉了一把鹏飞，但是车还是重重地撞着了鹏飞，只听到他大叫一声后倒在地上，便不省人事。

周围人听到一声尖叫后立即把出事现场给围住了，围观人群中有一个中年妇女，挤到鹏飞身边蹲下，伸手在他的鼻前试了试，大声叫喊："快叫救护车！快叫救护车！人已经昏过去了。"一平看着斜躺在地上的鹏飞，脑海中一片空白。

围观的人们纷纷指责说："这个车子怎么可以朝人行道上开呢？会不会开车呀！"

轿车右侧前门开了，下来一个戴着墨镜的年轻人，他不去看被撞倒的鹏飞，径直走到一平面前说："侬是伊同学？"

呆若木鸡的一平被他的声音拉回了现实，不知道他葫芦里卖的什么药，瑟瑟地回答："是呀。"

戴墨镜的年轻人便朝一平厉声喝道："侬怎么可以把侬的同学朝我的车头上推呀？"

一平被这突如其来的胡说蒙住了，一时语塞，简直就是莫名其妙，但对方气势太张狂，一平嘴里只会不断重复："不是的，不是的……"这时路人立即把目光集中在一平的身上。顿时，一平觉得众人的目光似乎变成了无数支泡了毒液的利箭，齐刷刷地朝他发射过来，要把他打入十八层地狱，永不得超生。风向转变得太突然了，完全出乎意料，一平没有能力对抗眼前比他强大多倍的肇事者，越来越窘，他感到十分委屈，最后承受不住，竟“哇哇”大哭起来。

终于巡捕和救护车都来了，救护车立即送伤者去抢救；巡捕留下来丈量并记录左前轮跨上人行道的轿车的位置，还检查了各种证件。

没过多久，烟纸店包老板夫妇和伏诚也陆陆续续地赶到现场。烟纸店老板娘听说鹏飞已经送去医院了，就哭着直接奔向了附近的仁济医院。此刻，巡捕正在车祸现场做着笔录。

“侬怎么没有驾驶证的？”

“不，不……”戴墨镜的年轻人取下墨镜，立即向巡捕递送了一根烟，堆着笑脸迎上前去吞吞吐吐地说：“家父是国际汇富银行襄理。那个，那个……驾驶证在家里忘了带了。其实不是我撞人，是这个小瘪三把伊的同学推向我的车头的。”他转过身来立即用手指着一平，简直就是理直气壮，神气十足。

“不是的，不是的……”一平哪里遇见过这种场面，只能十分可怜地摆摆手，痛恨他睁眼说瞎话，但就是不懂如何辩白，只能重复地说着这三个字。

这边厢伏诚立刻火冒三丈，走向一平劈面袭过去就是狠狠的一掌，一平的脸上立即有了反应，红红的指印，顿时浮肿起来，像是变成了一块发酵过的蓬松发糕。

包老板感到诧异，他怎么也想不通一平为什么会推鹏飞去撞车呢？看到祝老板对他儿子下手如此狠毒，望着一平脸上明显的五个手指印，他内心也有些纳闷，疑惑地、不停地劝导说：“祝老板，侬不要急，事情还没有弄清楚……”

巡捕也感到不可思议，怎么这个父亲如此粗暴，不仅不维护自己的儿子，这一巴掌不是承认了推人的事实了吗？他冷静地对伏诚说：“这位家长，事情还在调查中，先不要急于责怪孩子。”

一平当众被打了一巴掌后，才知道原来父亲是不信任他，心里委屈得不行，干脆坐在人行道上伤心地大哭起来，“不是我，就不是我嘛”。嘴里还不忘为自己无力地争辩。围观人群中一位穿着入时的阿姨站了出来，心疼地拉着一平的手愤懑地说：“怎么可以这样打孩子！这仅仅是一面之词，不能作为依据的。”那个驾车的年轻人狠狠地瞪着她，不断翻白眼。

巡捕把现场和各方的陈述做过笔录后，就驱散围观人群，疏导交通，将肇事的、一个前轮压在人行道上的车和司机带到了老闸区巡捕房。

3

鹏飞被送到仁济医院后立即进入急诊室，诊断为左小腿非开放性骨折、脑震荡，人一直处于昏迷状态。大夫立即将其推进手术室开刀接骨。手术很成功，但由于其仍处于昏迷状态，故住进观察病房。鹏飞的母亲一直在走廊里隔窗望着，流着泪喃喃自语：“怎么会发生这样的灾难？菩萨呀，侬一定要保佑鹏飞平安渡过这一劫……鹏飞呀鹏飞，侬快点醒过来跟姆妈讲闲话，好让姆妈放心。唉！都怪我给了侬这么多钱去买什么短命的滑冰鞋，这下闯了大祸，我真正悔煞脱了……”幸亏当时一平不在她旁边，不然她肯定会拿眼狠狠地瞪一平并且责怪他的。

由于大夫处理得当，鹏飞终于在第二天下午苏醒过来。他睁开眼睛在床上四处打量着问道：“这是什么地方？我怎么会躺在这里？”正准备撑起身子，却被护士揿住了说：“这是仁济医院，侬受伤了，昨天刚做了手术，现在不能乱动，安静地躺着。”护士把病人苏醒的消息告知了值班大夫，医院当即通知巡捕房。鹏飞妈妈在门外看到儿子醒了在与护士讲话，心中顿时高兴了起来；但她听不到他们说话，急于想询问儿子而护士却不让她进入病房，心中极为沮丧。喜悦和焦虑汇合在一处，像打翻了“酸甜苦辣咸”五味瓶，实在说不出是什么滋味，只好祈祷鹏飞能快快地好起来。

还是昨天那个巡捕来了，他一进入病房就与鹏飞打招呼：“小朋友，侬叫什么名字？家住在什么地方？怎么会到浙江路五马路去的？”鹏飞回答得非常清晰，说明他脑子不糊涂、很清醒。接着巡捕要他叙述撞人的情景，鹏飞回忆说：“当时，我与一平放学从弄堂里出来，我穿着滑冰鞋，正准备跨下人行道，前面突然来了部黄色轿车，对着我快速地向人行道上冲过来，眼看来不及躲避，幸亏一平在旁边用力把我朝后一拉，否则可能命都没有了。我当时只觉得左腿被撞得可疼了，大叫一声以后就什么也不知道了。”

巡捕做过笔录后继续冷静地追问："小朋友，侬好好地回忆一下，当时侬的同学祝一平是拉侬呢，还是推侬？"

"拉我！"鹏飞感到这句问话太奇怪了，当即非常肯定地回答："没错，他是用力拉了我一把。"

巡捕走出病房把这些情况通报了鹏飞的父母，鹏飞父亲听了之后大大地舒了一口气，毕竟是街坊邻居，抬头不见低头见，彼此闹出点什么事来都不好。

真相大白，事情已非常清楚，因为巡捕昨天再三追问并证实那个肇事的年轻人是无证驾驶，凭着家里有钱，便不可一世地在马路上学车。见到鹏飞要从人行道上下来，慌慌张张、手忙脚乱地错把油门当刹车踩，操作失误；而且还处置不当，乱打方向盘，导致车不但没有停住还加速冲上人行道。他怕承担责任，撞了人竟然倒打一耙，想拉一平当他的替罪羊。

戴黑色墨镜的年轻人属无证驾驶、过失撞人。证据确凿，巡捕房要转移案子，进入起诉程序。这下那个年轻人慌了，如实相告并央求他父亲出面来私了。

一天，烟纸店前停着两辆轿车，一辆黑色本茨，一辆黄色福特。不宽的马路上停了两部高级轿车，引起了轰动，围观的人很多。轿车上下来的人直奔烟纸店，又送礼、又道歉，来意明确。

作为生意人，包老板是属于胆小怕事一类的，他既不懂法律，又从没打过官司。思忖，尽管有理在身，但一个小百姓怎么会斗得过这些富得流油的人呢？既然人家给足面子上门来认错，并答应赔偿所有损失，得饶人处且饶人，多一事不如少一事，就一口同意私了；同时包老板指出，还应该向受了委屈的祝一平道歉。

肇事者父亲立即同意，但肇事者却扭扭捏捏表示不好意思去见一平，最后商定委托包老板代为慰问。事后包老板还真为一平受的那一巴掌专门买了礼物到祝家探望。因为他知道祝伏诚是个正直的人，但脾气过于暴躁，这次让一平大受委屈了。

那天，包老板带着礼物来到裁缝店，一平刚巧在灶偏间。听见伏诚对包老板打哈哈地说，“孩子是自己的，打了也没事，不打不成才嘛”。其实这件事让伏诚相当尴尬，他觉得是自己错怪了儿子，但又拉不下脸面来向儿子道歉，那样太有损于他在家中，特别是在儿子面前的威严了。后来他转念一想，作为一家之主，错了就错了。古人说得好，“君要臣死臣不得不死，父要子亡子不得不亡”，哪有皇帝老子认错赔理的事！想到此，他也就心安理得，不去理会这件事了。

伏诚在一平面前跟没有事儿似的，让一平感到委屈极了，他伤心地扑进梅英的怀里哭诉着说：“阿姆，那个开车的人不讲真话，坏透了！但是阿爸为什么不弄清楚就打我，打得很重，现在我的左脸面还隐隐地痛……”

“唉！侬阿爸脾气大、粗暴，但他是大人就算了。”梅英心疼地抚摸着一平受过伤的脸。

虽然这件事已经真相大白了，但伏诚不仅没有任何表示，而且后来很长一段时间连看都不看一平一眼。不知道是心虚不敢看，还是从这件事后就开始更加不喜欢一平，这两种对立的猜测像两条蛇一样把一平缠绕起来。一平的内心就越慌张、越压抑，终日惶恐不安，却又不知该怎么办。因此便有了许多个不眠的夜晚，当店堂后面的伏诚与梅英都已经进入香甜的梦境时，一平却睁大双眼，盯着天花板，穿透粗糙的楼板，思绪飘出屋外，拂过楼宇，跃上云层，游荡在渺茫的夜空，在心里悄悄地编织着一个又一个关于伏诚和自己的伤感的梦幻。

在接下来的日子里，一平变得沉默寡言了，但小脑袋里却想了许多许多，他恨那个撞人的戴墨镜的年轻人，却也特别恨伏诚；想逃离这个家，临走时要把门口橱窗的大玻璃敲碎，以泄心头之委屈。但又不知道走到哪里去，搞不清楚离家后会是什么情景。这些远远超出了他的思考能力和思考范围，一平在那段日子里痴痴呆呆地过着辰光。

一平的一举一动始终牵动着梅英那颗善良、操劳的心。她看在眼里，急在心上，除了在生活方面更周到、更仔细地照顾外，还真不知道怎么办才好，焦虑之心弄得她也无所适从。

有一天与烟纸店老板娘相遇相互谈起了各自孩子的事。

“阿拉鹏飞手术后骨头接好了，医生说手术很成功，好在是年纪小，只要注意营养，恢复起来会很快的。”而后关切地询问梅英：“一平还是那样神志无知呀……唉，多可爱的一个小囡，真正罪过。我看他那是‘魂出窍’，侬要给伊‘招魂’来安神。”说着告诉梅英应如此这般做法。

梅英近来对着一平真是一筹莫展，听到这个建议后顿时恍然大悟，镇海老家也有这种给小孩“招魂”的习俗，她怪自己怎么就没有想起来呢。

当日晚上一平入睡以后，梅英把扫帚倒过来靠着柜台旁，点着了三支香，在一平头部左三圈、右三圈绕着，口中念叨："阿平回来噢，阿平回来噢……"然后把点着的香插在扫帚上，继续不断地念叨："阿平回来噢，阿平回来噢……"直至香烧完，这样连续"招魂"三天。梅英做的这些一平刚开始是不知道的，只是奇怪为什么连续三天醒来后柜台下都有烧香残留下来的灰烬。

一天，阿毛阿姐来走往，得知一平的遭遇，异常气愤。她分析着对梅英说："三阿婶，阿弟这叫做精神受刺激，加上三叔粗暴过激的行为，让他受到了极大的冤屈。这种冤枉在他这样的年龄实在承受不了，是心理上一股劲儿别不过来。"

"是这样的，阿平当众受了这么大的冤枉和委屈，而且侬三叔不向他认错、赔不是，这口气实在是憋住了。"梅英赞同她的分析。

从此阿毛两口子三天两头地来广西北路看一平，一来就给一平讲故事、说童话。讲《西游记》中孙悟空为了打妖怪，被师父唐僧误认为犯了杀戒，念起了紧箍咒，孙悟空痛得在地上打滚。后来妖怪显了原形要吃唐僧肉，还是孙悟空打败了妖魔鬼怪救出了师父唐僧，等等。类似的故事讲多了，一平慢慢悟到了这世界上不全是爱心、诚心和善良。有一天一平听到这里，突然冒出一句："孙悟空这么大的本事，为了救师父还要受冤枉呀？太让人伤心了。"阿毛心里思忖，这些故事、童话一平听进去了，让他感觉到受冤枉的事人皆有之，不仅仅是他一个人这样。

不知道是“招魂”的灵验，还是“时间效应”，更可能是阿毛阿姐夫妇的童话、故事起了作用，过了一段日子后，一平神态开始正常了，竟然恢复到之前的活泼好动。每当梅英遇见烟纸店老板娘讲起一平，高兴得直念叨：“菩萨保佑，菩萨保佑。”

4

有一天夜晚，弄堂里有三个穿得破破烂烂的男青年挤在一起，用一张包香烟的锡纸摊平，上面洒一点白色的粉末，锡纸下面用烛火烤着，同时嘴里含着一根吸管在锡纸上吸白色的粉。一个人吸完递给另一个人吸。一平既想看明白又怕太靠近，只好慢慢地来回走着，装着像过路行人似的。

回家后一说，梅英告诉他，那些青年是在吸毒品，这种年轻人不学好，人一旦沾上毒品肯定完结。第二天一早有收尸车停在弄堂口，原来昨夜吸食白粉的人中有一个死了，其余两人早已不见踪影。邻居们围观着并指指点点议论开了。

“这种小赤佬不学好，去吸毒，哪会有什么好下场！”隔壁张婆婆怜悯地讲。

梅英牵着一平的手告诉他们：“阿平说昨晚有三个年轻人，可能为了抢毒品被他们的同伙弄杀脱了。”

二楼的陆阿姨也感慨万千：“人千万不能碰毒品，一碰就上瘾，一上瘾就极难解脱。”一平惊奇地听着大人们说话，梅英立即想到一平的四叔，毒品真是害人不浅，真不知祝家哪一代祖宗作了孽，还是祖坟墓地风水犯了冲，唉！没想到祝家也会有人因毒品遭殃。

原来一平的四叔梅诚在泗泾竹木行当学徒时吃苦耐劳，做事利索，深得老板赏识，满师后继续当伙计。他多读了几年书，写得一手好字，老板就让他做了账房先生。因此，梅诚在生意场上成了行家里手，他是个要强的人，不愿寄人篱下；也是个爱享乐的人，什么都想“玩”。要自立门户，首要的是资金，父亲去世前因为他是最小的儿子，出道晚，给他留下成亲用的五百块大洋。但还有缺口，他便想到了朋友梁子豪，这是一个没有正式职业的掮客，门路很广。

一天，两人小酌，梅诚苦恼资金短缺的问题，子豪拍着胸脯夸耀：“没问题，我来筹划，但利息是银行利息的两倍。”梅诚一听这不能算高利贷，就请子豪去调头寸①。以前梅诚做过账房，对“上游货源、下游客户”都熟悉，开店对他来说不过是小菜一碟。于是选了一个前有小河后有公路、水陆交通方便的铺面，招了店员开张了。

当时正逢抗日战争胜利，时兴造房盖屋，所以竹木业也兴盛起来，梅诚的生意越做越大。但子豪还是不咸不淡地在社会上混着，羡慕着梅诚的发达，心想，这个朋友得靠着，将来会有用的。心里盘算着怎么联络感情。

那天去梅诚店里闲谈，客套了几句后，子豪开门见山：“梅

① 头寸，旧时指银行、钱庄等拥有的款项。借款又称调头寸、拆头寸。

兄店也开了，钱也挣了，但是还缺一件……”

梅诚觉得他有些卖关子，急忙问：“哪一件？”

“压寨夫人呗！”子豪笑眯眯地吐出。

梅诚心中一惊，想这小子还真能猜人心思，有点激动地说了一句：“看来侬是想来做媒，对方是谁呀？”

子豪喝了一口茶，得意地摆开了龙门阵：“是泗泾大财主之一，掌控船业运输的卢家，独女卢亚男容貌出众，知书达理，还练过功夫。”

梅诚思量着，卢家那么有钱，怎会看中我呢。随口敷衍着答话：“侬就试试呗。”没两天子豪到卢家一说，卢老爷子觉得自己家那个“假小子”女儿太野了，听到说梅诚有学识、写得一手好字，还会做生意，即刻同意了这桩婚事。

梅诚与亚男拜堂成亲，婚后几年夫妇间倒还融洽。只是亚男不“亚”，应该是“冠”男，甚至是“盖”男，什么事都是她说了算，一不顺心便拉开架式，梅诚哪敢言语。结婚几年亚男不见身孕，“不孝有三，无后为大”，这让梅诚内心十分焦急。

一天，梅诚与子豪两人喝酒闲谈，三杯下肚子豪便开口：“梅兄近来无精打采，不知有什么心事？”

梅诚微醺着举杯：“当年侬帮我筹款开店，是侬的功劳，我敬侬一杯。”喝了一杯又敬：“又是侬做媒娶了亚男，再敬一杯。”喝了再次说：“我祝梅诚从做学徒到当老板到成家，奋斗了、成功了！可是侬嫂子的肚子一直没有动静，侬讲‘无后为大’这不是生活中最大的烦心事吗？”

“梅兄，既然嫂子没有生育，纳妾娶个二房不就得了。”

梅诚忧心忡忡地回应：“侬嫂子是大家闺秀出身，仗着卢家的气势，在家她也是说一不二的主儿。我暗示过，她容不得这事。”

子豪想，话都说到这个份上，这桩事怎么能帮忙？只好让他解解闷吧，于是贼眉鼠眼、嘴唇像两把刀片似的时张时合地说：“梅兄，我带侬去一个地方，保证让侬逍遥快活，精神百倍。”梅诚跟着去了，有了第一遭，就有第二遭，从此吸上了鸦片。这可是个天大的事，亚男几次三番劝不住，无奈之下，只好到上海找热心肠的三哥哭诉。

伏诚听后火冒三丈：“我平生最恨毒与赌，谁要一沾上，那是要倾家荡产的呀！”当即赶到泗泾，连说带骂地力劝四弟戒毒。在梅诚的心目中，他三哥是个了不起的人物，不仅是小时候带着自己玩、照顾自己最多的哥哥，而且三哥什么都会干，游泳爬树、吵架打斗都是赢家，是自己最钦佩的兄长。当然也挨过他的拳脚，知道他的厉害。所以当伏诚发着雷爆的脾气骂他、晓以利害劝他时，梅诚低头认错，发誓不吸了。

可是不到半年，四弟媳又来上海找三哥说，梅诚又抽上了。这次伏诚下决心把梅诚叫来上海，以兄长的威严监督他戒毒。

半年后，亚男专程来上海接梅诚，像欣赏一件艺术品一样看着梅诚，养胖了、变白了，人也精神焕发，真是打心眼里高兴。她面对着伏诚夫妇激动地说：“三哥、三嫂，为了梅诚你们花了不少心血，辛苦了。你们好比再生父母，功德无量，我会铭记在心的，真正谢谢了！”

“自己人嘛，谢就不必了。希望你们回家以后互相体贴，好好过日子。” 伏诚语重心长地回答。

一路上，梅诚夫妇像是热恋中的情侣，有说有笑，憧憬着日后的生活。晚饭后在卧室里闲谈，亚男依偎在梅诚身边说着悄悄话，柔情似水，婚后的梅诚从未见过亚男如此温顺、多情，被撩得心跳加剧，全身的血液在奔腾。两人急遽宽衣上床，如久旱遇甘露般翻江倒海，尽享鱼水情后双双进入梦乡。

约莫过了三个月的平静舒坦日子，一种无聊的情绪袭遍梅诚全身，总觉得生活中缺少些什么。终于在昔日“烟友”相聚、怂恿、引诱下又吸上了，而且这次量更大、次数更频繁。

当卢老爷子知道这件事的底细后，极其严肃地训斥了亚男：“侬怎么能在家里摆威武，把梅诚‘逼’上这条路！两口子过日子，侬要用女性的温柔去体贴入微，让他喜欢侬、离不开侬，这才是真正的妇道！”

自那以后有一天，亚男带着歉意焦虑地对梅诚说：“过去是我太要强了，不够温柔，没有顾及到侬的感受，冷落了侬，我改。只要以后不再去吸那个东西，我全听侬的好吗？”

梅诚痛心疾首地回答：“亚男呀，我老觉得郁闷、无聊，心里像猫爪子在抓那样难受，真是坐也不是、立也不是，无所适从，看来烟是戒不掉了。回想起来就是那个混蛋子豪，让我陷入了这个不能自拔的泥坑。我这一生是成也子豪、败也子豪，后悔呀！真的是把肠子都悔青了。”

亚男拥着梅诚抽泣着相告：“侬要振作起来，老公，我已经有了……”

梅诚惊讶地久久注视着亚男说不出话来，握住她的双手，接着紧紧地拥抱，好像要把她拥入胸脯似的。在她耳边轻声叫唤：“好老婆，好亚男，我实在舍不得侬！侬一定要把孩子给我养好，带大……”半年后，梅诚终因一次吸毒过量去世了。

一年半后，亚男抱着孩子来伏诚家，进门就跪下哭着说：“三哥、三嫂，我带着儿子代表梅诚来感谢你们……”

伏诚立即扶起亚男：“快起来，快起来，这就是老四的遗腹子呀，小囡长得多好。”梅英已经和亚男哭成一团了。当时一平站在旁边，看着还没有出生就已经失去了父亲的堂弟，小家伙只管拿乌黑发亮的眼睛到处张望呢。他听着亚男诉说鸦片与四叔的惨死，顿觉毛骨悚然，说到悲伤时，亚男泣不成声。哭声太凄凉了，一平觉得仿佛房子要被哭倒、天要被哭坍塌似的可怕。

五

1

一平自上学后，随着年级的升高，功课的增多，玩的时间少了许多，很少无所事事地出去到处遛遛耍耍了。虽然学习成绩一般，但每天放学后，一平就喜欢把小书桌搬到门口马路边做功课。梅英看到他每次都这么自觉，从内心感到舒坦。

一平就读的班上大部分是男生，只有少数几个女生。一平认识的这条街上的男孩子也都在读书，但他发现这条街上的女孩却很少有人在上学。马路斜对面不远处那家摆水果摊人家的大女儿，快长成大姑娘了，也没见她上过学，总是在家带弟弟妹妹，顺便帮他父亲称称水果什么的。后来发现她穿的衣服整洁时髦起来，入时的服装使她漂亮了许多，也不见她带弟妹了，再后来见到她肚子大了。

当她挺着微凸的肚子出家门的那天，也是大家意外发现她大肚子的那天，当然也是引得邻居议论纷纷的那天。

水果摊即刻成了一处惹眼的风景。总是有人盯着那个未婚先孕的青年孕妇；还有人无事找事地去寻开心，故意上前搭讪，问问各种水果价钱；更有甚的说“侬有小人了”这样无聊的话。开始女孩脸红羞涩、低头不语，后来也就无所谓地不言语，点点头淡然处之。

当然，水果摊对面的店铺前三三两两、一簇一簇的街坊邻居也成了另一道聒噪的风景。

“小小年纪就去当舞女，让人家把肚皮搞大了，可惜呀！”

“这个世道，穷人家的女孩子没钱读书，又没有工作，不就是当舞女找口饭吃，结果让人糟蹋。”

“小姑娘长得还蛮标致的，现在弄成这样，将来如何嫁人呀？”

梅英也轧在里面，她开始并不同情那位不幸的女孩，认为女孩子应该看重和严肃对待自己的贞操，但看到那个年轻的女孩立即想到道诚家的昭娣。水果摊的女儿是因为经济拮据，读不起书去当了舞女；而老二家并不缺钱，听说也不让昭娣念书了，梅英很为孩子叹息。

随即梅英对水果摊摊主女儿的同情就开始增长起来，望着女孩连连摇头深感惋惜。

2

道诚是四兄弟中最机智聪明的一个，颇有雄心壮志。他刚来上海时一心只想搞工业，但苦于资金太少无法起步。最初的几个月都在走街串巷地做市场调查，最后发现上海的卷子面作坊有很大的市场需求，启动资金也不需要太多。于是，他在虹口提篮桥北部租了一幢石库门房子，底层是做卷子面的工场，二层和亭子间住人。

梅英每年都会带孩子去道诚家两三次，每次都会小住一两天。一平去了他家就爱待在一楼看那些面粉加工机器。

一平觉得那些机器太神奇了，简直就是在变魔术。首先把面粉一袋接一袋地往绞面机里倒，加上水后打开电闸，机器就开始绞动了，原来的干面粉慢慢就成团，一平怎么也没有想明白那机器是怎么做到在短时间内把松松散散的粉末变成一团一团软软的面团。更神奇的是，把成团的面粉拿到压面机上，经过几次挤压，就会有约一尺宽的由厚变薄的面带出现。这时工人把平压面滚换成带齿的面滚，一压就成长面条了。把压出的长面条用细竹竿挑起，不到一人高就截断，然后把挑着细面条的竿挂在架子上晾干，再把已干的面条按卷子面长度截断，用印有商标的纸把它包好，这就是成品了。

包面条请有女工，但主要还是靠昭娣。只见她左手抓一把干面条，在案板上轻轻垛齐，往边上涂有糨糊的商标纸上一放，双手一卷成筒，尾部将伸出面条部分的纸折叠进去，就成一筒成品卷子面了，用右手码放在案板右侧。卖点是八包一斤、每包用十六两秤称二两①。她动作敏捷，双手在空中飞舞，手中的面条也会乖乖地舞动起来，把一平的眼睛都看直了。

道诚和伏诚两人虽然是同胞兄弟，但他们脑子里的想法却完全不一样。伏诚比较重视孩子的教育；道诚却重男轻女，他的脑海里尽是些“女子无才便是德”的封建思想。尽管昭娣人挺聪明，但在小学毕业后就打算不让她读书了，说“嫁出去的女儿泼

---

① 旧时是十六两为一斤，新中国成立后改为十两一斤。

出去的水”，女孩子将来总是要嫁人的，读那么多书、花费那么多钱干什么。这下昭娣急了，她在家里又哭又闹，不吃不喝，最后天天躺在床上，对任何事情都不闻不问，把家里弄得鸡犬不宁。

昭娣打定主意和道诚“抗战”到底，几天下来都是这样，眼看人慢慢憔悴下去了。其母姚玉蝶是个一切都以道诚的主意为主意的妇人，但当时觉得这么僵下去孩子会出事，就大着胆几次三番劝道诚让昭娣再学几年。最后双方妥协，道诚仅仅答应昭娣再读三年到初中毕业。

虽然只有短短的三年，但这对昭娣来说已经是一个奇迹了，于是她就这样高高兴兴地上了中学。初中学的文化知识课程比小学多得多，也更有趣。那三年昭娣过着无忧无虑的生活，是家里的开心果。

转眼初三下学期开学后，十四五岁的昭娣好像抽条的春笋一样不知不觉就长得高于玉蝶了，“黄毛丫头十八变”，昭娣如今也亭亭玉立、楚楚可人了。

3

那纯属意外，意外是什么？意外就是让你在事后感到不可思议，让你有点不相信自己的眼睛，让你像梦幻般兴奋过后还会再请别人使力掐一下自己的皮肉来确定这意外的的确确地和你发生了关系，像牛顿的苹果那样砸了一下你的头，于是你相信了。

但并不是每一个人都能像牛顿那么幸运，一砸就砸出了一个万有引力定律，因为牛顿只有一个，而普通人则有千千万万个。但万一你不小心被意外砸到了，好了，不要怕，那是幸福的一砸。昭娣就是这样一个被意外撞中的女孩，那被人幸福的一撞，就给她撞出了一个一见钟情的情哥哥。

那一年的四月间，班上的几个女同学相约星期天去虹口公园踏春。出门时天气晴朗，但进了公园以后天很快就布满了乌云，而且越积越厚，好像压在头顶上就快要塌下来似的，硬是把人压得有些喘不过气来。

突然狂风呼啸，接着就是倾盆大雨，昭娣她们几个女同学尖叫着朝不远处的一个凉亭奔去。冷不防从岔路奔来几个男孩子，双方都只顾躲雨猛跑，结果把昭娣撞倒在路边，左小腿重重地磕在尖石头上，一阵疼痛使昭娣尖叫了起来。叫喊声把想躲雨的人惊住了，女同学赶紧去扶昭娣，搀着她艰难地一拐一拐地走到了凉亭，身上都淋透了。撞昭娣的男孩十分内疚却不敢去搀扶，只好跟在众人后面直说“对不起！对不起！”到了凉亭，让昭娣坐下卷起左腿裤子，只见小腿外侧红肿，一碰就痛得厉害。这下把几个女同学都吓呆了，看着又肿又红的伤口，望着外边的倾盆大雨，围着昭娣不知所措。倒是几个男同学大一点有主意，商量后认为要立即去医院，检查骨头有没有问题。说话间才知道那男生原来是同校高三的学生，名叫马冠祺，其妹丹琪是昭娣她们的同班同学，那天正巧发烧没来游园。

当时冠祺弯下腰来焦急地对昭娣说：“这位女同学，这件事是我不好，现在得马上去医院检查治疗，这里离公园门口还有一段路，你自己走也不方便，不好意思，只好我来背你。”话语坚决，不容辩驳。说话间已脱下外套罩在昭娣身上，背上昭娣直奔公园门口。

这突如其来的动作羞得昭娣满面通红，不知怎么办才好，口里直念：“勿好！勿好！”但左腿痛得厉害，说了几声也就不响了，其他同学也围护在周边。

昭娣在冠祺背上，开始是两只胳膊用力地撑在冠祺的双肩上，前胸悬空。但经不住他一路小跑，胳膊实在无力撑起，不知不觉中前胸贴在他的背上，开始觉得有点冷，后来热了，因为感受到他的体温，而且前胸在他的背上有规律地揉搓着。这一揉一搓，慢慢地像在她平静的、无忧无虑的心海中投入了一颗炸弹，还是深水炸弹，沿着昭娣心中的海洋，摇摇晃晃，一个劲儿地往下坠。昭娣感觉到了她的沉坠，但无能为力，或者说内心期望着那样的下坠。突然，昭娣似乎听到了一声闷响，它炸开了。心中形成了巨大的水柱，汹涌着，沸腾了。随着男孩高高低低的脚步，波涛巨浪在往上涌，一会儿又感觉波涛巨浪在坠落。没有人能够描述她心中的惊涛与骇浪，连她自己也不能确定哪个词才能最准确地表述那一刻的感觉，对于从来没有近过男生的她，觉得浑身充满着一种愉悦和欣喜，好像腿也不那么痛了。

冠祺刚背起昭娣时感觉到她用力撑着双肩，重心比较高，走路有些不稳，但想着要快点到医院，也就顾不了许多，一路小跑过去。跑着跑着觉得背上有湿冷的东西贴上，渐渐地变温热了，软软酥酥地随着小跑在搓动着，感到好舒服。后来他直接就听到了昭娣细小却急促的呼吸声，吹在脖子背面那种断断续续、细细的气息，让他有一种飘飘欲仙的感觉，这气息也立即变成了他身体的高速马达，双腿跑得也越来越有劲了。

一会儿到了公园门口，叫了黄包车拉到医院，马上挂号、检查。总算确定骨头没有问题，经医生处理后，冠祺把昭娣送回了家。到了昭娣家，冠祺再次表示歉意，在后来的一段时间里，每天放学后都与其妹丹琪来看望，直到昭娣复课为止。

这次意外给了冠祺和昭娣两个年轻人第一次接触异性的经历，印象极其深刻美好。虽然在校园或放学路上遇见，只是简单地打个招呼而已，但彼此在心中都给对方留下了一个特殊的位置。

冠祺高中毕业后就读私立大学，四年毕业后在其父亲的灯具厂上班。昭娣因为三年前与父亲有约在先，初中毕业后便留在家帮忙打理父亲的卷子面作坊。

4

道诚是祝家三兄弟中家境最富裕的一个，但“救急不救穷”是他不轻易借钱给人的一张闪亮王牌。他的生活除了进原料和销产品外，剩下的正事就是找人打麻将。而且烟瘾很大，咳嗽也很厉害，一平小时候去他家玩时，清晨经常被他的咳嗽声吵醒。每次看到昭娣娇憨地劝道诚不要抽烟时，就暗地里非常佩服她竟敢指点父辈。当然，事后其父一切如故。

初中毕业已经四五年了，快二十岁的昭娣不仅有着高挑的身材、杨柳细腰，而且五官端庄，特别是两只眼睛忽闪忽闪地会“说话”，笑时脸颊上现出一对好看的酒窝，真是人见人爱，是当地有点名气的美丽女孩。

为此不知从哪一天开始，她家多了好些不速之客——各类提亲说媒的人。有熟悉的、不熟悉的，有家里富有的，有小伙子卖相很好的，甚至有个来说当姨太太的，把道诚一家人气得大骂，直接把来人赶出了家门。到底是民国好多年了，道诚没有按“父母之命，媒妁之言”来嫁女，所有来说媒的都要问过昭娣，可任凭媒人说破了嘴皮子，昭娣总是很矜持地不置可否。那些日子，道诚看到都快满二十岁的昭娣依然不慌不忙地东挑西拣，而且把所有说媒的都回绝了，简直感到不可思议。然而，精于算计的他哪里晓得，在女儿的矜持中隐藏了她的内心秘密，她看似平静如水，实则焦虑万分。

本来昭娣对婚姻事还没太上心，但家里进进出出的媒人促使她不得不开始思考了。自己总是要出嫁的，但她不愿瞎七搭八，一不小心嫁个“阿狗”、“阿猫”，她其实在那一次意外之后就已经暗暗地把自己的那颗心交给了那个背她去医院的男生。不断有人说媒，却使她怨恨起那个男生来了，他怎么能这么不哼不哈，像个泥塑木雕似的没有反应呢。

尽管冠祺读大学后利用假期和昭娣见过几次面，但两人在男女之事方面都很拘谨，因而男婚女嫁这层窗户纸从未捅破。从已有的几次接触中，她能感觉到他是喜欢自己的，可是又苦于自己不能请他上门提亲，而且也苦于父母并不知道自己的心思。好在经常与丹琪来往，而且还十分要好，可以说是无话不谈，因而常有冠祺的消息传来。

这天，昭娣特意邀请丹琪来家里玩，在闲谈中，她突然把脸沉了下来，丹琪诧异，忙问原因，昭娣异乎寻常地皱起眉头抱怨："最近烦死人了，相不中的人猛来提亲，相中的人却不来提亲……"丹琪一听，立即明白了过来。

"相中的人是谁呀？" 丹琪笑着低下头凑近昭娣，故意打趣她。

这下把昭娣说急了："侬这个人坏，人家都急煞脱来，侬还开玩笑。"说着就要去抓丹琪。丹琪一躲闪俏皮地回话："'小姑子'明白'嫂嫂'的意思。"

昭娣被说得讲也不是，骂也不能，涨红着脸不依不饶地要与丹琪"算账"，追赶、避让几个回合后丹琪举手表示"投降"，两个人又嘻嘻哈哈地说了起来。

果然没过两天，马家就来提亲了。道诚夫妇听到说是冠祺时感觉有些熟悉，慢慢地就想起来了，原来是昭娣初中毕业那年腿被碰破的时候，曾经见过的那青年，卖相蛮好，人也有礼貌。当即叫昭娣来问及此事，昭娣一听是马冠祺家来提亲，心中暗喜，忸怩地低声答话："由爸爸妈妈做主。"便羞红着脸逃开了。

那边来说媒的人回到马家说祝家同意了，合家欢喜。特别是冠祺高兴得跳了起来，丹琪缠着要哥哥请客，冠祺连说几个："好！好！"

真是天有不测风云，就在两家高高兴兴筹划订婚娶嫁事宜时，昭娣那边却遇到麻烦了。

原来欲娶昭娣当姨太太的叫胡福森，在日本洋行做事，仗着日本人的气势赚了不少黑心钱，财大气粗要娶妻纳妾，为人十分嚣张。听说昭娣长得漂亮，曾暗暗地来窥视过，果然纯真美丽，心中就喜欢上了。派人来提亲遭到拒绝后，曾在酒后夸口："我就不信搞不到这个小妞儿！"于是请了洋行里一些人，其中还有几个日本人，大模大样地拿着钱物到道诚家强行下聘礼，扬言三日后来听回音。这件事的阵势搞大了，道诚一家人是心急火燎却又手足无措，万般无奈不知如何应对。

事情很快传到马家，冠祺听到自己还未进门的新娘即将被抢后极其气愤地吼叫："这个胡福森太不像话，青天白日之下怎么可以强娶，太无法无天了。"

"真正是勿讲道理，社会进步了，还强抢民女呀！哥哥这可怎么办呢？"平时活泼机灵的丹琪此刻也急得无法可想。

还是老练沉着的父亲处变不惊："我看要打听一下这个胡福森有什么背景，竟敢如此肆无忌惮。冠祺，侬立即赶去祝家，现在最要紧的是去安慰昭娣，让她放心，大家一起来想办法。"

三日后，胡福森差了一些人不事声张地把聘礼如数收回，此事竟不了了之。原来胡福森所在洋行办公大楼的灯具电器都是马家的灯具公司安装维修的，冠祺的父亲与洋行庶务课田中课长熟悉，这个情况经田中反映到洋行上层。董事长考虑到一直在宣扬"日中亲善"，不能为了一个女人坏了日本形象；特别是听到作为洋行中一般办事员竟邀了几个日本人同去捧场时，董事长发火了，狠狠地骂了胡福森一顿，要他立即终止抢亲行为，这才有三日后收回聘礼的一幕。真是有惊无险！经过这一波，冠祺和昭娣很快就订了婚，不久就举行了婚礼，小两口恩爱有加，如胶似漆。

5

这天，一平刚放学回家，正准备告诉在裁缝衣服的伏诚和梅英一个好消息时，突然从门外走进来几个头戴呢帽、脸上架着墨镜的人，吆五喝六的，来势凶猛，张口就是“拿保护费来！”伏诚说现在生意清淡，实在有困难。这些人就拍着柜台，发着脾气，活像一群凶神恶煞的魔鬼。一平被他们的嚣张气焰吓得躲在梅英身后。伏诚跟他们好说歹说，最后才拿了几块大洋走人。

那几个流氓走后，尽管已消失得无影无踪，但一平还是被吓傻了似的愣在那里，家里仍笼罩在他们那种张牙舞爪的恐怖气氛中，他感觉到家里很不安全。事后，一平曾在心里暗暗发誓，自己以后要练点武艺，长大了非要跟这些“白相人”讲讲道理不可。

梅英想尽快驱散家中那无处不在的不安定气息，故意假装轻松地笑着问一平：“侬刚刚不是想说一件事吗？什么事呢？”这下一平回过神来，他的情绪就像七月云的形状，说变就变。一平高兴地举着试卷告诉伏诚和梅英，他在期中考试获得班上第八名的“辉煌”成绩。好消息听了让人十分高兴，像一块净水明矾，投在家里立即把浑浊的空气净化了，凝固的气氛顿时活跃了起来，梅英立即把一平拥入她的怀里，将脸颊贴在他的前额。

每次梅英与玉蝶聊天时，都喜欢谈论自己的孩子，这也是母亲们闲谈时必然的“主题”。一平的成长、学习成绩、脾气秉性从来都是梅英引以为傲的资本，因为每次一对比，一平的各个方面都比昌平好很多。

道诚的儿子昌平小昭娣两岁。玉蝶临产时又是难产，最后采取剖宫产，好在医术高明，母子平安。儿子出生时逢凶化吉，说明这孩子命大。由于有这么一个典故，所以道诚和玉蝶就特别宝贝昌平，真是“含在嘴里怕化了，捧在手心怕碎了”。从小就什么都依着他，只要他高兴，想吃什么就吃什么、想干什么就干什么，很快就变成了家里的“小霸王”。

一平每次跟着梅英去道诚家小住时，梅英总是对一平再三叮嘱：“千万别惹昌平，能玩在一起时就一起玩；不能玩在一起时就自己去玩。”

就在一平才上小学不久的那一年，梅英带着一平去道诚家小住。一天上午，一平无意中翻出麻将牌来玩搭“积木”，碰巧昌平也来了，就在另一边搭。搭着搭着两个人就比赛起来，看谁搭得又高又稳。但几次比下来总是一平的比昌平的高而稳，这下可把昌平惹毛了，他抓起麻将牌就朝一平身上扔、朝地上扔，嘴里还在责备一平怎么能超过他呢。正在灶偏间洗菜聊天的玉蝶和梅英闻声过来，一问便知道缘由，“比什么比，各搭各的嘛！”梅英一把拉开一平，一边还哄着昌平说：“昌平乖，昌平是哥哥肯定搭得高。”

当看到一平还想申辩的神态，梅英用力把他硬扯过来：

“阿平，快把牌拾起来，数一数看有没有少，二伯父下午还要打麻将的。”说完便拉着一平一起拾牌，那边玉蝶已把昌平拉着哄着走了。

那次昌平拿牌扔人，一平当时觉得十分委屈，但后来经历了在危急的时刻，昌平把他扔在危险的大街上的事后，就觉得第一次完全算不了什么了。

那是在日本投降前，一平又一次随梅英去道诚家小住。一平和昌平闲来无事想找点玩的，看到送货的三轮车停放在天井里，那是一种前面有方形大斗用以装货、骑车人在后面踩链条的车，征得大人同意后，昌平和一平嘻嘻哈哈地推着车出了弄堂口，兴致挺高地去街上骑车玩。好在那条街冷清，马路上人、车不多，他们两个人轮流坐在斗里，轮流踩踏，七拐八弯玩得兴高采烈。

突然响起了空袭预备警报。那时日军还占领着上海，在美国支持下，国民党政府空军常对上海的日军军事目标进行空袭，上海市市民会指划着说“飞行堡垒”来了。当时他们两个都惊呆了，昌平突然丢下一平和车，就直朝家的方向跑去。一平这下着急了，他也想马上跑，但这个车怎么办？于是赶紧跳下来，一个人吃力地推着车朝家里走。

道诚发现两个孩子尚未回家，就叫昭娣带一个伙计去找。刚到弄堂口就遇见昌平往回跑，赶紧堵住他问一平和车呢，昌平头也不回地用手指了指方向。昭娣拦不住他，就和伙计朝他指的方向去寻。又过了一条马路，只见一平流着泪吃力地推着车。这时空袭紧急警报响起，同时日军高射炮也开了火。

昭娣快步赶上，一平见到昭娣就像寻到了靠山，委屈无助地哭得更厉害了："姐姐，我不能把车掼脱了。"

"姐姐知道，一平好乖！"她一边安慰着，一边擦去一平脸上的泪水。随去的伙计一把抱起受惊吓的一平放在车斗里说："在底板上坐稳了，两只手要抓住。"当即推着车飞快地往回跑，昭娣一只手搭在横杆上跟着跑，好在最后大家都平安到家。

家里人听了昭娣陈述后，道诚责备起昌平来："这就是昌平不对，侬是哥哥，怎么能丢下弟弟不管呢？"昌平对着道诚翻了翻白眼，还做了一个鬼脸就上楼去了。

梅英见一平有惊无险，终于松了一口气："算了，算了。人车平安就好了。"自那次以后，一平就很少去道诚家了。

长大一点的昌平开始对打麻将感兴趣，经常好奇地站在父亲身后看着。道诚只要昌平不吵闹，不仅不把他赶走，反而还会小声地给他讲些牌局。大人讲得随意，但孩子听得有心。昌平读书不太用心，但一站在牌局旁，他的脑子立即就灵活起来，渐渐地进入了"角色"，从静观到说说道道，最后可以"指挥"和牌了。

这天，昌平又在道诚背后嘀嘀咕咕和了一副"清一色、一条龙"大牌，上家放冲的唐老板不干了："这不能算，侬儿子晃来晃去肯定偷看了我的牌。"

"就是嘛！你们父子俩叽里咕噜，不仅慢而且还吵着我们。"下家牌友也不平了。

对家柯先生反应更是激烈："平时我们安安静静打牌的气氛蛮好，侬儿子轧进来就乱套了。祝老板，我看要不侬打，要不让侬儿子来打！”

“你们不要五斤吼六斤！”道诚生气地站起身，推着昌平赌着气说：“儿子，侬来打！”让人没有想到的是，那局牌结果还赢了，这下昌平可有点小名气。昌平年轻气盛、脑子灵活、手气好，大有“每赌必赢”的架势，牌友都说昌平是天生的赌徒。

日子一久，昌平慢慢地就觉得在家里打麻将实在不够瘾，就进到了赌场寻找刺激去了，什么21点、大小、沙哈等他全玩得可顺了。其实这是赌场老板看他出手很大故意先给些甜头，然后大把地赢他。昌平那时候毕竟是个孩子，大人在牌上做手脚的事他就不懂，也看不出名堂。家业渐渐被昌平输得差不多了，这时道诚才察觉到之前放纵了昌平，不仅害了小孩，还害了全家，但一切都已经晚了。他悔不当初，但世上没有后悔的药，压抑、自责使道诚原来就有病的身体每况愈下，病情越来越重，临终时悲切地对玉蝶叹息道：“我这一辈子最不该的是好麻将，最大的错误是放纵儿子去赌，我对不起你们呀！”不日就丢下衰败的家走了。

对于道诚的死，昌平心中曾经愧疚难过，他知道自己已经没有脸面和资本再上赌场了。尽管道理他懂，但是赌瘾一上来，胸中的“成瘾分子”一时变成了热锅上的蚂蚁躁动不安，一时似乎又变成了一只小鹿在胸中乱碰乱撞，一时又变成了无数锋利的爪子不停地在心口撕扒。昌平急了，准确地说是他内心的“成瘾分子”急了，他不认输，急着要翻本。然而，昌平太嫩，还不知道如何对付“成瘾分子”。他已经成了赌瘾的忠实奴隶，所以在守灵、出殡清静了两天后，又开始“杀”回了赌场。

不久上海解放，所有赌场一律取缔，派出所、街道办还抓赌，这才把昌平从赌海中救了出来，也挽救了那个本已残败不堪的家。

玉蝶激动得逢人便说：“共产党禁赌好噢！共产党交关好！共产党万岁！”

也幸亏那几年昌平没有完全弃学，勉强混了个高中毕业，上了“野鸡大学”，拿到大专文凭，靠着逝去父亲的关系在市政工程维修单位找到一份工作，全家人的生活才有了着落。

六

1

城里人怕蚊子，那些飞来飞去的讨厌家伙，不知不觉被它叮上，吸去了血还起个疱，奇痒难熬；但是乡下人却怕上海城里的臭虫，这种爬来爬去的小黑虫子，不知不觉让它叮一下，也吸走了血起个疱，同样痒得难耐。

得益于柏油马路平整、阴沟排水畅通、平常无积水的地方，蚊子没有滋生的环境，因而祝家居住的市区内没见有蚊子。不像宁波镇海乡下到处有草丛、水塘，那蚊子是一群又一群，特别是在傍晚，蚊子一片又一片地在空中飞舞。人们没有办法，只好拿着大葵扇驱赶。入睡前在房内点上蚊香，尽量把蚊子赶到屋外；睡觉前用大葵扇把蚊子赶走后下好蚊帐。措施相当周全，可半夜里仍会有蚊子“嗡嗡嗡”地在耳边鸣叫把你吵醒，或者在你裸露的皮肤上叮几个疱，又红又痒。

虽然上海市区免去了蚊子之扰，却有讨厌的、捉不尽的臭虫，每夜侵扰着你，让你无法安睡，甚至会烦躁得挑灯大捉臭虫。不管冬天、夏天，梅英一般会晚些睡，开着日光灯在孩子的铺位寻捉臭虫，想让小孩睡得安稳些。

那些吸饱了血的臭虫，行动不便，逃都逃不快，用手指一揿一泡血，真的有一股臭味；但尚未吸血的，特别是小臭虫，它们就很灵活，一下子就躲进了缝隙或被褥中，很难捉到。一平经常早晨醒来，胳膊、腿上到处被臭虫叮出红疱，奇痒难忍，就用指甲猛抓。

每当这时梅英会警告着说：“阿平，不要用指甲拼命地抓，抓破皮了要烂的。”

“阿姆，实在太痒了。”一平边抓边回答。

“侬在痒的地方扭一扭、捏一捏，或者用手指背过来抓划，这样虽然不太止痒，但可避免抓破皮肤。”

一平答应着按梅英讲授的办法试了试，不很止痒，他就“我行我素”继续用指甲使劲地抓着。当然痒是止了，挺过瘾；但皮肤被抓出一道道红痕，有的破了，有的还抓出血了，反而更痛了。

一天早晨，一平醒来觉得两条小腿又痒又痛，一摸，发现小腿上长满了起起伏伏的红疱和脓点。这下他害怕了，猛叫：“阿姆，侬快来呀，我的两条腿上都是脓疱！”

梅英赶紧过来一看，两条小腿密集地起着粒粒角角，有的还带有黄脓的疱，真是有点吓人。梅英带点埋怨的口气说：“跟侬讲了不要使劲地抓，这是抓破发炎了，好多疱还长脓了，真是……”一边抚摸着他的腿，一边心痛地吩咐：“侬起床，先用水轻轻地洗一洗，千万不要搞破，等吃过早饭我再来跟侬弄。”

吃过早饭后，梅英烧了一壶开水，泡了茶，一门心思对付一平的双腿。她要一平坐下，把脚搁起，一看还真有不少长脓的疮疱。然后专门选了长出白色脓头的疱，所谓已经“熟”了，用缝衣针挑开把脓头挑出，轻轻挤尽脓水，再仔细地用茶水洗干净。几乎像外科大夫在做手术，一个个“熟”疱仔细地挑着、洗着；

对于已长脓尚未有脓头的疱，所谓“未熟”的，就不能挑，也不能挤，否则脓液会进入体内，那是很危险的，只能在外表面洗洗，等“熟”了再处理；其他红疱只是一般洗洗就行。前后整了两个多小时，简直可算是一场外科手术了。

梅英再次告诫说：“以后侬千万不能再拼命抓了，痒了用手指在周围轻轻地捏一捏、扭一扭就行了。”这次，一平可听话了，不断地点着头。因为挑脓头还没太大感觉，但在挤脓水时有点痛；尽管这种痛承受得住，但一批有七八十来个“熟”的疱要挑，还有不少待“熟”的以后还要挑，还是很吓人、烦人的。

如此“治疗”了三五天，总算没有另外感染发炎什么的，两条腿慢慢好了。一平再不敢用指甲狠狠地抓痒，只用手指捏一捏或用指甲背轻轻地划一划，没想到这个办法还终身受用。

对于臭虫，城里的各户人家真是恨之入骨、伤透了脑筋，但是在当时那样的经济条件和环境卫生状况下，没有办法根治。光靠捉是捉不尽的，特别是小臭虫可灵活了，一下子就不知钻到哪里，再也找不到了。

当然也有些办法，在马路边或弄堂里经常见到，人们对于那些小型家什，如凳子、席子，就朝地上“蹬”，可以把臭虫从缝隙中抖出来，它就四处乱躲，你就把它踩死，这时连围观的人们也会一起来帮助消灭，可见大家对它们的怨恨。

对于大的家什，如床板、桌子等，也把它们放在空地上，烧好一满壶开水，用滚烫的水在其上面淋，特别是朝缝隙中浇，将其烫死。当然，这些方法只能短期有效，没两天其他地方的臭虫便会转移到已处理过的家什上来，继续对人们肆虐。

2

佛教认为“生、老、病、死”是人生的四苦，是人世间的常规、常例，但它的发生，尤其是“病、死”却是难料、难防的。被臭虫叮咬抓破后感染，对一平来说还是小事一桩，谁知一场“生、死”大病的灾难会接踵而至。

在一平10岁那年春天，一天，残阳于天地间将坠未坠，微风中漂浮着第一声春雷送来的含大量负离子的新鲜空气，一派春色，令人心醉。但一平却无心欣赏，他的肚子有些莫名其妙地时时作痛，伴着无法形容的难受。这天放学回家后，又觉得肚子痛，而且比前几天痛得更厉害。

梅英又看到他捂住肚子进门，要他快去拉屎。心想，小孩子玩疯了就会连屎都想不到要拉，所以这几天梅英一直都认为一平肚子痛可能是屎憋的。一平没有办法，只能赶紧上厕所，只拉了一点，好像缓解了一些，但仍感到肚子难受。于是勉强支撑着到门口做作业，在凳子上坐立不安，一直冒虚汗。

到吃晚饭的时候，一平说不想吃饭，感觉有点恶心。梅英这时才感到问题严重了，想到这几天一平一直喊肚子不舒服，而且伴有干咳，她对一平的肚子痛正视起来了，眼神里似乎有一点内疚。在梅英竭力劝说下，一平坐到了饭桌旁，那仅仅是他为了不让梅英担心，勉勉强强扒了几口饭。

晚上挨到打烊，很快整好铺睡到了柜台上，一平一直睡得迷迷糊糊，极不踏实。好像在半夜，突然感觉到有人碰了碰他的额头，接着有一只手伸到被窝里裤裆内摸他的卵睾睾，一平既惊又羞，但无力回应。

隐隐约约地好像听到梅英的说话声："阿平一直在说胡话，卵睾睾薄成一张皮，额头也挺烫的，烧得不轻。"伏诚的声音响起："那明天一早去看蒋聋嘭吧。"之后就没有声音了。

3

说到蒋聋嘭，那时候只要在广西北路那条街居住过的人没有哪个会不知道他的。但一平小时候对他的看法十分复杂，可谓是敬、惧各半。那时候，蒋聋嘭几乎是每个母亲镇住不听话孩子的法宝。只要哪个小孩一哭，或不吃饭了，他的母亲就会立即说："侬不要哭啦，哭得那么响，等下被蒋聋嘭听到了，他就会拿着针头来打针的。"或者威胁着说："侬真的不吃饭是吧？那好，我马上就去把蒋聋嘭叫过来啦。"等等。小孩一听到"蒋聋嘭"，立即就紧张起来，马上收住了哭声，或乖乖地拿起了筷子。一平的童年也是在"蒋聋嘭"这个"威名"下长大的，而且只要一生病就会去他那里看病，就觉得他是一个拿着针筒专门给小孩打针，刺得人好痛的"恶魔"，所以那时一生病就对他感到特别的恐惧。

但是在梅英的心目中，蒋聋嘭却有着极高的不可撼动的地位。他不仅是懂得"望、闻、问、切"的传统中医，而且还是会打一针很快见效的西医。他会根据不同的病情，时用中药，时用西药，或中西药结合。他不仅医术高，而且人善良，穷人去看病可以免去挂号费，实在贫困还会送几帖药给你。那样一来，在那些普通老百姓的眼里，特别是那些识字不多的母亲们的眼里，几乎没有人不感激涕零地将他当成民间的“活菩萨”。但是当一些富裕的人去看病，他也同样认真治理、治好他们的病，不过他将量力收钱，也即会多收一些。为这事有人问过他为什么，蒋大夫极其诚恳地回答：“医者父母心，不要去计较钱多钱少，关键是让人人都看得起病，我父亲一直是这样教我的。其实我很多时候连草药的本都收不回来，但我估摸着你收入不菲，出得了这些钱。如果医治有效果，我建议你捐善款。”

那时候，一平虽然对蒋聋嘭在母亲们心目中所占据的分量感到有些不可思议，但看到他确实为街上那么多的人们解除了病痛，又开始对他敬佩起来了。他的形象在一平的童年里时而高大、时而可恶，且随着健康状况而时起时伏。但在一平那次大病痊愈后，“蒋聋嘭”在他的脑海里就只剩下了高大的形象，从此之后，一直对他心存感激。

平时找蒋聋嘭看病的人很多，所以东方才刚发亮，梅英就抱着一平出门去排队了。天空还有些灰蒙蒙的，走在空荡无人的大街上，鞋跟打在拳石路上的声音显得格外清脆，但那声音划破寂静的天空时带有一份急迫。清晨的风还比较凉，从梅英身边掠过，吹散了一些长发。空气有些飘忽流动，天空还没有来得及换下黑丝缎，一句话，大地还在沉睡，梅英却无心顾及春风的清凉，依然步履匆匆。

蒋聋嘭诊断后，告诉梅英，一平得的是伤寒。他给开了一副药方，还特地嘱咐梅英，病人要忌嘴，只能吃锅巴稀饭、酱黄瓜和大头菜。

当梅英背着发高烧的一平回到家时已是中午时分，马上清理柜台底板上的杂物腾出地方让他休息，好在那时一平人还小，躺在那里还挺合适。又叫伏诚去抓药，顺便带些熟菜回来，她就在家做饭。中午吃饭的时候，梅英特地嘱咐蕙琴："哥哥病了，不要去惹他。"不让蕙琴接近一平，其实是担心她被传染，毕竟她还小，抵抗力弱。

等熬好了药，梅英用扇子扇冷了些后，叫醒还烧得迷迷糊糊的一平起来吃药。药太苦，一平喝了一口就吐了出来，不肯再喝，梅英连哄带骗总算让他把药喝完。到吃晚饭的时候，伏诚叫醒一直昏睡的一平，好说歹说才让他喝了几口锅巴稀饭。

没过两天，梅英发现蕙琴也是"萎搭搭"的，一开始只是不想吃东西，接着就有些发烧，再过一天就迅猛发起了高烧。梅英又抱着蕙琴去看蒋聋嘭，不出所料，蕙琴不幸还真染上了伤寒。

回家路上梅英后悔万分，怪自己没有把女儿看好而让她染上了伤寒。一路暗自流泪，想到自己生了七个小囡，难得保住了这一儿一女，现在还一起得重病，心里就难受得厉害。又想到现在东洋鬼子什么都搞配给，饭都吃不饱，孩子还病得"一塌糊涂"，顿时觉得腿有些发软无力。走着走着，思绪连绵，自己一没有做坏事，二没有得罪人，但命运却偏偏要作弄自己。头脑中思考的内容一旦涉及命运，她的些许不平马上就被“命运”两个字瓦解了，于是开始相信自己是个苦命人，此刻，她更加相信命这个东西。

回家后把蕙琴安排睡在柜台内侧挨着一平的垫板上，两个孩子都发着高烧，但都还挺安静，外人没发现，店堂照常做生意。

伏诚得知蕙琴也得了伤寒症，忧愁之情立即袭遍了全身。平时只顾做生意挣钱，无暇顾及孩子们的生活和学习，但是孩子们的成长是天天挂在心上、看在眼里的，特别是唯一的男孩一平已10岁，将来还指望靠他养老的。焦虑和烦闷困扰着伏诚，他无处也无法发泄，只好憋在心里。在这期间，伏诚整天无精打采、闷闷不乐地只是干活，好像庙门前的石狮子，一整天懒得开口讲话。

4

一平与蕙琴双双得了伤寒后，亲戚中最早知道此事的是阿毛阿姐。就在蕙琴去看了蒋聋嘭那天，碰巧她来伏诚家里走走，一看两个弟妹都发高烧，心里也甚着急。好心安慰了伏诚与梅英一阵，又赶忙去告知在上海的那几家亲戚。

隔天，读初中的昭娣陪她妈妈玉蝶来到广西北路的裁缝店，一进门就拉着梅英的双手着急地问：“怎么两个小囡都发高烧了呢？太感到意外了。”

梅英还未开口眼圈就红了，哽咽着回答：“就是呀，前几天还是好好的，阿平说肚子不舒服，后来就发高烧，医生说是伤寒，没想到没两天就传染给了蕙琴，哎哎，都怪我当初没怎么把它放在心上，导致现在两个小囡都这样萎萎搭搭呀，我现在是后悔呀。”梅英说完后哽咽起来，但她不忘嘱咐昭娣最好是拿个凳子在门口坐，歇一歇。

昭娣还是想看看她的两个弟妹，便说：“勿要紧吧，我就看一眼。”

梅英想到昭娣还年轻，抵抗力弱，就坚持不让她再朝里面走，因为那时她内心为蕙琴被传染已经很自责了，害怕再犯以前那种不可原谅的错误，而再传给了昭娣。坚持着说：“勿好，勿好，侬就坐在门口头。”

两妯娌进到柜台内侧看了看躺着的一平和蕙琴，高烧使他们迷迷糊糊，完全不知道有人来看望。一平与蕙琴被高烧烧红了脸，额头上敷着湿毛巾，呼吸有些急促短粗。玉蝶看后也无能为力，只能叹息，劝慰梅英不要太着急，放宽心，有医生在，一定会有办法治好小囡的病。

梅英无可奈何地叹息：“是呀，现在只好看他们的造化了。”抽泣着说：“谢谢侬来看他们，等他们病好了，我带他们登门道谢……”

玉蝶未等梅英说完，立马有些生气地答道：“侬给我客气啥？等两个小囡好了，一起来我家多住几日，我们俩好好讲讲闲话。”

第三天一大早，阿毛和规平又来了伏诚家，当时伏诚与梅英正在愁眉苦脸地强逼着自己下咽早饭。他们俩还未进门就大声地向屋里喊："三阿婶，弟弟妹妹好些没有？"

梅英站起来把他们拉到八仙桌旁坐下，欲哭无泪地摇着头说："昨晚阿平还吃了两口锅巴稀饭，把药喝了；蕙琴勉强喝了一口药，唉！"

规平看到梅英那难过的样子，心里也着急起来，心直口快地说："这里到山东路仁济医院不远，赶紧到医院去看看，西医可能……"规平还没把话说完，阿毛就在侧后面不断地拉他衣襟，示意他不要说去医院的事。规平对着阿毛阿姐耸了耸肩，还用白眼瞪了她一下，便不说了。

梅英有点失落地答道："大侄子讲的是，但那是西医。而且去仁济医院先要钱开路，估计会住院，不仅开销大，还要有人陪，广西路这个店还怎么开……"这边阿毛听说妹妹昨晚只勉强喝了一口药，就直接朝柜台里侧走去看蕙琴。

里侧光线挺暗，梅英打开上方的灯。只见蕙琴脸色灰白，紧闭双眼，像熟睡又像昏迷。阿毛仔细地看着她，越看越觉得不对劲，伸出食指往蕙琴鼻孔前试了试，似乎已无呼吸。她脸顿时煞白，发出一声尖叫："啊！"这一声尖叫犹如一支锋利的箭穿过了宁静的店堂，插进了梅英的胸膛，梅英心里顿感不妙。窝在柜台里面的阿毛还在着急地喊着："三阿婶！不对呀，侬快来看呀！"

梅英发疯似的冲了过去，立即推开阿毛挤到柜台里侧抱起蕙琴。抱的时候她明显感觉到蕙琴和平时有些不太一样了，身子有点硬。用脸颊贴近她的鼻孔，已经没有呼吸了。不甘心地又拍打了好几下她的脸，大声地喊道："蕙琴！蕙琴！"但蕙琴已经毫无反应。梅英顿时感到腿脚有些发软，眼前变得黑暗起来，接着就放声嚎哭了。阿毛和规平也被惊吓得哭泣起来，裁缝店立即变成了泪的海洋。只有伏诚在旁边呆若木鸡地站着，眼睛直直地盯着梅英手中的蕙琴，好像她还活着似的，接着他极其缓慢地坐下，双手抱着头偷偷地抽泣起来。

突然，梅英像发现天大的事似的，停止了哭喊，把抱着的蕙琴丢给了阿毛，又发疯似的一转身去柜台底板上抱起了一平。当时的一平全身滚烫，脸颊微红，也紧闭双眼，似熟睡、似昏迷，奄奄一息。梅英抱起他悲喜交杂，哭着大喊起来："老天呀！这就是阿拉已经养到10岁的儿子啊。菩萨呀，侬发发慈悲，救救阿拉阿平！一定要救救阿平……"后来梅英哭不出声来了，不断地抽动着身子。

阿毛端了盆温水，把蕙琴全身擦拭了一遍，拿了件干净衣服替她穿上，找了张破席子裹着，交给规平，示意他抱出去。伏诚一直在旁边看着，脑子里一片空白，望着规平带着被破席卷裹着蕙琴的尸体出门的背影，一句话也说不出来。他内心是极其悲痛的，想想蕙琴走了，一平还邪气[①]危险，如果一平真的再有个三长两短，往后的日子怎么过呀。

快到中午时善诚来了，照例带着鱼腥味进了门。看到伏诚和梅英像两尊泥塑木雕菩萨似的呆坐在那里，顿觉不妙，立即走到正在做饭的阿毛那里，一打听，急了，没想到三弟家早已经乱成一锅

①很，非常。

粥了。他也不知道该如何劝慰，回过头来说了一句："老三、弟媳，小囡已经走了，也没办法。你们还年轻，自己要保重。"

"是呀，三叔三婶，保重身体要紧，其实你们家里挺好的，也是蕙琴妹妹自己没有福气……"阿毛说话间，规平返回了，凑近阿毛悄悄地说："我把她掼得远远的。"

5

自从蕙琴走后，梅英就更加细心地护理一平了，其间又去看过两次医生，从一平高烧的那二十多天来，他就一直迷迷糊糊地睡着，每天由梅英叫醒喂药、喂锅巴稀饭。

这天早晨，一平醒来觉得精神好多了，烧也开始退了，但极度乏力，起身后站都站不住，赶紧在饭桌旁坐下。梅英端上一碟酱黄瓜、一碟大头菜，盛了碗锅巴稀饭。一平立即觉得有了些食欲，吃了半碗。梅英看在眼里，喜在心上，"阿平有救了"。吃饭后，一平突然想起刚才从柜台底板起身经过垫板时不见蕙琴，依稀记得她原来是睡在那里的。

"阿姆，妹妹呢？"

梅英未答话眼圈先红了起来："阿妹没两天就抗不住，过去了。刚发烧那天还告状说你用脚撩她……"说到后面就抽泣起来了。一平听了顿时觉得脑海一片空白，无力地坐着发呆。

又过了一周，烧全退了，一平人也精神了些，说话声音也响亮了许多。那天梅英把早餐端到他面前，一看又是这些东西，再看看梅英他们的早餐，一平就很不高兴地发脾气了：“每天吃锅巴、酱瓜、大头菜，真真怨煞了！今天我也要和你们一样吃油条。”

“不行！蒋医生没有说可以吃其他东西。”

一平好说歹说，磨得父亲动了恻隐之心：“那只能吃半根。”

一平高兴得他直点头：“好！好！”

梅英开始还犹豫了一会儿，最后还是撕了半根油条给他。一平用筷子夹着往嘴边送，尚未进口就已觉得那股油氽的香味扑鼻而来，口水骤然增多；待咬一口嚼了两下，那个味道像是吃到了天鹅肉似的，美得心里乐滋滋的，细嚼慢咽，才一会儿，那半根油条已下肚，两眼直盯着尚剩的油条。

“阿平乖！再等几天病完全好了，阿姆一定给你多买几根。”梅英一看他的眼神顿感不妙，立即把所剩的油条端下了桌。

一平还算听话，无可奈何地离开了饭桌。但到了傍晚却感到肚子难受，又发烧了，搞得稍稍放宽点心的伏诚与梅英又紧张起来了。好不容易挨到次日天蒙蒙亮，赶紧抱着他去看蒋聋嘭。

老中医按着一平的手腕切脉，再看舌苔，后来严肃地问梅英：“给伊吃什么嘞？”

梅英自知理亏，嗫嚅地说：“昨天烧退了，人也精神……”

老中医不容解释立即打断：“我问侬给伊吃了什么？”

“半根油条。”

老中医对着梅英摇着头叹了口气，之后转过头来慈祥地对一平说：“小朋友，得了这个病侬只能忌嘴，以后能吃什么、不能吃什么，一定要听大人的话。”

一平被他刚才责问梅英的严肃神情和责备的口气给镇住了，老中医对付调皮不听说的孩子有他的高招，吓得一平只知道连连点头。最后开了药方递给梅英，他就去看下一个病人了。

又过去了七八天，一平复发后的烧退了，梅英这次可小心了，再带一平去看病，蒋医生吩咐：“再开三帖药，忌嘴七天，七天以后可少量吃些易消化的食物。”

回家以后，一平每餐愁对锅巴稀饭、酱瓜、大头菜，那些天实在难熬，简直就是度日如年。

幸亏一平听了医生的劝告，坚持忌嘴，这次病好后再没有复发。邻居们都说，能躲过伤寒，肯定是命大，又听说得过伤寒症的人可终身免疫，这一点让一平有种因祸得福的愉悦，增添了要“健康地活着”的念想。

6

看着一平一天天好起来，梅英实在开心。最后也说是一平命大，痊愈了，硬是活过来了。她相信一定是菩萨在天之灵保佑祝家，最终给她留了个男小囡。按着镇海老家的古老说法是，大难不死预兆着日后会有出息，梅英内心里的高兴陡然又增添了几分，并且在一平病好后还硬是拉着他一起去了静安寺还愿，诚心诚意地感谢神灵的恩惠。

当时的上海在日军占领下，市面不好，物价飞涨，粮食都被日军作为战略物资控制了起来，一般市民只定量配给一些掺有小石粒的红米、碎米。有人冒死穿越封锁线运进来一些大米，黑市价很高，但为了活下去，人们只好忍痛买一些。

市面不景气，当时人们能顾得上吃饭就不错了，因而来裁缝店做衣服的顾客明显少了许多。伏诚也只好把做衣服的工钱压了又压，并且加倍工作才勉强维持了家里的一般生活。店中生意清淡后生活就变得十分拮据了，在很长一段时间里都过着米缸经常见底、吃了上顿愁下顿的日子。但是梅英就是有鹭鸶腿上劈精肉的智慧，巧安排、细调理，没多久，一平脸面开始有血色，看上去精神多了。那天早晨，一平跟梅英说要去上学，要把落下的功课补回来。在发病的时候，梅英就去学校请了假，现在一过就是两个多月，还能跟得上课程进度吗？伏诚看着刚刚才有些血色的一平，再想想这么久都没有去上课了，就说："干脆停学一年，调养好身体再去上学也不迟。"

等到梅英的亲姐姐桃英得知一平大病的消息时，那时候一平已经痊愈了。那天她派了大女儿月婵来看望，一进门月婵便带着歉意地对伏诚和梅英说："姨丈、梅姨，前两天才知道一平阿弟得了伤寒病，姆妈要我替她过来望望阿弟。"

梅英拉着她的手，兴奋地对月婵应道："真高兴侬能过来。总算菩萨保佑，阿平是活过来了。"随即又难过地说道："但是蕙琴却没了。"梅英不愿再提那让她伤心的往事，话题一转，问："侬姆妈身体好吗？"

月婵听到提及母亲，阴影就悄悄地爬上了脸庞，小声说：

“姆妈身体一直不好，不想吃东西，吃了就要吐，靠喝点汤汤水水，营养怎么会够。面黄肌瘦、无精打采……”说着眼圈就红了。梅英一听，意识到不应该在月婵面前触及她家里的伤心事，只好又转换话题问：“几个弟弟可好？”

说到弟弟们，月婵脸上才慢慢有了些喜色，如数家珍似的给梅英摆开了：“大渊已经进到华通电气厂工作，因为读了几年书，工程师看得起，让伊到办公室去画画；亚渊也到华通电气厂当了装配工，他们两人的工作都是爸爸操办的；季渊上中学，殿渊和封初弟弟还在上小学……”

原来梅英的娘家在镇海甬江南岸一个小镇上，她们姐妹俩年轻时被小镇上人们称为姐妹花，而桃英长得比梅英更加艳丽娇小。

姐姐桃英出嫁后，随丈夫徐阿根来上海，阿根读过几年洋学堂，在华通电气厂当了电工。听说还是个小领班，能管点事，因而工资不算低，家境比较好。

伏诚那年只身来上海想盘下广西北路门面，曾经向阿根借过钱。凭着伏诚的秉性，把宁波人说话像吵架的讲话方式发挥得淋漓尽致，结果好话变成了粗俗的话，最后谈崩了。不仅没借到钱，而且两人还留下过节，连襟间从此不再走动，两家平时也极少来往。只有过春节的每年年初三，阿根家的孩子——一女四子，外加封初——必来广西北路梅姨家拜年，梅英总是趁着有机会外出时偶尔带一平去看看大姨。封初是梅英亲兄的儿子，因哥嫂早亡，而姐姐桃英家生活比梅英家更宽裕些，便由她家收养着。

快到吃午饭时，梅英极力劝月婵留下吃午饭，顺便多了解一些姐姐的情况，说道：“这马上就到吃午饭的辰光，我添客不添菜，侬在这里吃了再回吧。”

月婵为难地解释：“梅姨、姨父，谢谢你们如此客气。但是家里还有妈妈要照顾，季渊他们放学了还得吃饭，我就不坐了，下次再来拜访你们。”说完就告辞，转身跨出了店铺门口。

梅英不舍地将月婵送出家门，月婵执意不要她再送，梅英停下脚步，远眺着月婵跨过了四马路，消失在茫茫的人群中。

七

1

冬天走了，春天又来了。树叶长了绿了、又黄了掉了，黄了掉了、又长了绿了；用长、掉和颜色的轮回向大地展示它们年复一年、连绵密集的年轮。时间如离弦的箭，转眼一平就要小学毕业了，伏诚与梅英这段时间反复商量着儿子上中学的事。

这天，伏诚不断琢磨着："公立格致中学离家很近，也很有名气，校园内还有个很大的操场，但是光凭阿平的学习成绩恐怕难以考上。阿拉老百姓又没有什么背景、办法，想在这个学校上中学恐怕难哪。"

梅英似有所思地应答："教会学堂也不要去考，以免将来阿平入了教会当基督教教徒，阿拉是拜菩萨的。"

"唉！那怎么办呢……"伏诚为难地叹息。一段时间以来，这左也不能右也不是的事，搞得一家子愁眉不展，真是心焦人烦。

思考久了，脑子便活络了起来，想着想着竟然福至心灵，发生了意想不到的效果。那天伏诚突然想起了什么似的，急忙告诉梅英说："有了！表阿弟俞瀚庭，他在一家钱庄里当经理，上次借钱给我开店的，我按时还了，信誉蛮好，一来二往熟悉了，记得他曾经说过他还是一个中学的校董。校董说句话，学校是应该听的吧。"

梅英听后觉得很有道理，好像航行在汪洋大海中的帆船见到了能靠岸的陆地似的，兴奋地催促着伏诚说：“那好呀，侬快去，让伊想想办法。”

那天伏诚买了些礼品去看他表弟，瀚庭一看来势就知道有事相求，心想，又要拆头寸？谈话过程中知道不是借钱，是小孩上中学的事，瀚庭一口答应：“侬小囡要上中学了，好事呀，时间过得真快。我兼校董那所学校是私立育林中学，师资蛮好，学习也抓得很紧，历届高三毕业学生不少考入交通大学、同济大学和复旦大学。”说着抽出一张钱庄的信笺，给学校写了封推荐信，放入信封后交给了伏诚。

八月的一天早晨，天黑压压的，下着大雨，那天正是一平要去常熟路育林中学参加入学考试的日子。伏诚领着他，按照瀚庭介绍的路线，七转八拐地终于找到学校，但已经迟到了。监考老师看着淋得像落汤鸡似的父子，流露出一脸同情，破例允许一平参加考试。一平把雨伞递给了伏诚，湿漉漉地进入考场。

伏诚在教室外等候，无所事事地在校内转悠。学校的校舍是利用一幢三层楼的洋房改造成的，他带着好奇心一层一层、一个房间一个房间仔细、耐心地观看，除了锁着门进不去的。他发现那些教室面积是不规则的，像是原来的卧室，因为壁炉仍在，只是不用罢了；与卧室连通的卫生间有的作为老师的宿舍锁着，而楼梯间下面的厕所仍在使用。看完了室内走到外面，还有点小雨，外侧原来洋房的花园改成了一个篮球场兼操场，一端还立了个旗杆，像是开校会用的。踱步到洋房的后端，一看还有一块空地，地上画着线，正在开挖着墙基，一打听，说是规划建一栋新的教学楼。伏诚对建房之事不太感兴趣，打着伞随意在操场上蹓跶。

等一平考试完毕出了考场时，雨已经停了，太阳也出来了，热辣辣的阳光照着大地。回家路上伏诚再三询问考得怎么样，一平连连打着喷嚏，只是简单地说了一句："还可以吧。"他当时只感到晒着太阳特别温暖和舒服。

不知道是瀚庭那封信起了作用，还是一平考出些成绩，总之一平被育林中学录取了。那一年暑假，因为没有作业负担，一平过得格外轻松。他每天去四马路，走进一家一家书店，翻看一本一本图书，一看就是大半天。这种去书店不花钱看书的习惯，在以后的日子里常常发生，成了一平空闲时的首选。

2

一平在班上是一个极普通的学生，个子不矮，微胖，带了一副近视眼镜，外表似乎显得斯文，但日后的行为让同学们知道，他不仅好动，还十分调皮。

在走读一年后，因家离学校太远，每日来回不方便，加上抗日战争胜利后，市面恢复景气，家里挣了点钱，一平从初二开始就寄读了。寸土胜寸金的上海，育林中学虽然招收寄读生，其实并没有学生宿舍。寄读生需自备帆布床，课后在各自教室里把课桌归拢，腾出地方架床，夜间教室就成了寄读生的"宿舍"。

一平读书成绩实在一般，总有一两门课要补考，才能混个及格，学校才让升级。用梅英的话来说："阿拉阿平玩性太重，没有进取心，哪门课考多少分都无所谓。”她真是恨铁不成钢，不止一次狠狠地用食指顶着一平的脑门说：“侬这只骷髅头里到底在想什么？”一平自己也说不清楚，玩比课本更吸引他的注意力，他对外界充满了好奇。

初二寄读以后，在校时间长，课余时间多，他那多嘴、多手、好动的习性就有机会表现了。有一天放学后，一平与同班两个同学玩打弹子。三个人水平相当，都能射得又远又准，玩得很起劲。玩着玩着，不知不觉挨近了操场边缘的竹篱笆。这是一种手指粗细的竹子，左斜右斜各约十支密集编制涂黑的篱笆。轮到一平打，说来也巧，他半蹲着一射，手中的磨砂弹子射入了离地约一尺的篱笆孔隙中，掉落一点夹在靠近篱笆底部。一平这种“百步穿杨”的本领把自己弄了个哭笑不得，因为这颗弹子是一平花了几个礼拜的工夫精磨细琢而成，表面的磨砂使弹子射出时不打滑、有力，便于控制方向。把这么一粒宝贝弹子丢弃，一平是舍不得的，于是三个人想方设法要把它挖出来。谁知篱笆很紧密，一下子还弄不动它，搞了好一会都无法取出那颗磨砂弹子。眼看天已慢慢地黑下来，那两个同学觉得帮不上忙就拿着自己的弹子走人了。一平因为舍不得那颗宝贝，因而仍在原地又抠又扒，急出一头汗。扒着扒着就把几根根部有些腐烂的竹子给扒断了，弹子是取出来了，但篱笆也损坏了。

第二天教导主任把他们三个同学叫到办公室，因为有人见过他们三个昨日傍晚在该处玩。经过问话，一平承认了自己的错误，挨了训诫。这件事传得全班同学都晓得，一平感到很不开心，他觉得太没有面子了。放学以后一直郁郁寡欢、无精打采，机械地搬动被褥包、架床，躺在床上久久不能入睡，这也使他回忆起寄宿当天上厕所用抽水马桶之事。

上海一般居民家中哪有什么厕所，但每家必有马桶。那时候每天一早天未亮，就有清洁工人推着粪车来收集各家的粪便，一路走一路喊着：“倒马桶嘞！”于是每家的女人赶紧把家里的马桶拿出去，由工人把粪便倒入黑色的粪车里。然后一条街上或一条里弄都是涮马桶的声音。人们用细竹条捆扎成的刷子，在水龙头边，无水龙头的就提一桶水，在阴沟边上涮，涮后的污水就倒入阴沟。有的家里为了涮得干净，专门把吃完蚶子的壳留着，先用清水涮一下马桶后，把蚶子壳倒入再涮，涮出的声音好像石子不断地倒在水门汀地上，特响、特怪。涮完以后，把蚶子壳洗净留存，下次再用。于是上海的早晨，到处是“倒马桶嘞”和涮马桶的响声，像一首首必需的、不可不听的晨曦曲，此起彼伏，接连不断。

一平寄宿后，第一次上厕所进去后把门一插，只有他一个人在里边。拉完屎后却不知道该怎么冲掉，只见马桶后上方有一个方方的箱子，白白净净的只有一个铿亮的铁件露在外面，他用手去摸着摸着，不小心转动了它，结果水箱中的水倒出来，冲干净了便池，并且有哗哗的进水声。这引起一平巨大的好奇心，看着水箱上面有个盖子，他使劲将它揭开，进水声更响了。朝里一看，好复杂，有一个铜色金属球、金属杆子、金属链条、管子等。这下他这里摸摸，那里碰碰，结果金属浮球总是在下面，水不断地进着。他离开后不久，值班老师查到了祝一平，他如实讲了情况，老师教育了他一番，一平由此出了点“小名”。

初二下学期有一天晚自习，一平与同班同学韩立坤相互挑逗闹着玩，立坤个头小、动作灵活，得到便宜后迅速逃离，一平为了尽快追上他，大步连跨几排课桌。这时正好上夜自习的老师走进教室，看到这一幕大声喝道：“祝一平又是你。”从此，“又是祝一平”便传开了。

第二天晚饭后，一平与立坤在球场边闲谈，一平用责怪的口气说：“昨晚都是侬挑起来的，结果倒是我‘臭名远播’，气不气人？”

立坤看着一平，不好意思地直道歉：“对不起噢！其实我们只是在玩，可能动作大了一点，就说我们乱了秩序，是顽皮不听话，太冤枉了。”

“是呀，我们是在玩，他们却说是调皮捣蛋，侬讲烦人不烦人。”

3

一天清晨，一阵阵枪声把一平及其他同学从梦中惊醒，枪声时密时疏、时近时远。这一突如其来的枪声让一平他们又惊又怕，都蜷缩在被窝里不知所措。有的同学吓得把头全蒙进被子里，一平为了想听听有什么动静，便把耳朵留在了外面，却紧闭双眼，全身其他地方用被子捂得紧紧的，头脑中一片空白，无可奈何地静候着，好像一个等待被判决的人，不知道命运如何安排。

好不容易挨到天大亮，枪声渐渐消失，平时一起床后那种吵吵闹闹、活跃的气氛现在荡然无存。同学们感觉到那枪声似乎还在不远的周围躲着、藏着，担心会不会突然又响起，所以大家都蹑手蹑脚、静悄悄地捆好铺卷，收起床。一边把床与铺卷送到闲置的阁楼过道上，一边把课桌椅移摆整齐，然后呆若木鸡地面面相觑，不知道干些什么好。

终于有老师和一些走读的学生到学校了，在操场上三五成群地讲述着所见所闻。

"人行道上睡着好多解放军，每人都抱着枪。"

"在八仙桥、大世界周围弄堂里，好多解放军都坐在背包上打瞌睡、休息。"

"听说昨晚解放军在苏州河南岸向北面进攻，国民党军抵抗，打得非常激烈。我们学校距苏州河南岸较远，所以听到枪声比较少。"

"我来学校的路上，听人家在讲，弄堂里垃圾箱内可拾到国民党部队的军衣，还有枪，我可不敢去看。"

学生和老师们都在惊疑地讲述着自己看到的、听到的新闻，一平也在人群中这里听听，那里站站，似乎有所获知，却又一脸茫然。

后来才知道，那天清晨的枪声是解放上海、改变历史和命运之声。中国人民解放军百万雄师横渡长江后，国民党军节节败退。依照解放南京、杭州等大城市及部队城市纪律执行情况，上级特别制定了解放上海"入城守则"，重点有两条：市区作战不准使用重武器和部队入城后一律不准进入民宅。所以才有上海解放后第二天早晨，上海居民一出家门便发现解放军官兵全部露宿街头的现象。这在中外舆论中产生了极为强烈的震动，在上海的外交官与外国侨民甚为惊讶，连当时“美国之音”也对此作了报道。英军著名将领蒙哥马利得知此事后，感慨地说：“我这才明白，有睡水泥路面精神的军队为什么能够打败经美国武装起来的蒋介石的数百万大军。”

从5月27日上海解放到6月9日这短短13天里，市面上物价飞涨，搅得上海市民人心惶惶，一有点收入就赶快到黑市把钞票换成银元来保值，一平就是拿一枚伏诚刚换回来的“袁大头”去交住宿费和伙食费的。军管会当时抛售一万银元，并在6月10日封闭了上海证券交易所，抓了一些大投机商，公布了禁止金、银和外币自由流通的暂行办法，使市面物价有所稳定。这年10月，上海乃至全国再次出现币值下跌、物价再次狂涨现象。原来资本家在金融投机受到打击后，运用他们的财力，大批买进与人们生活息息相关的粮食和棉花，囤积居奇，人为造成市场粮、棉短缺现象，引发了社会恐慌和动荡。

最敏感的是像梅英这样的家庭妇女，那天在伏诚家后门口，几位邻居都在叫苦连天。“现在东西这么贵，生活怎么过，真是愁煞人了。”梅英一脸愁容。

二楼陆阿姨跺着脚十分气愤地骂米店：“这世道怎么会这样，我一早去米店，门口排队买米的人赫[1]多。好不容易开门卖

---

①很。

米了，价钿[1]贵了三倍，吓人吧！而且没卖几个人就说卖光了，又关门，肯定还要涨价。”

隔壁张婆婆听后更是唉声叹气地说：“我到小菜场一看，肉摊、鱼摊不仅货色少，而且什么都贵，下不了手买小菜，只好买点腌菜回来了。”

“布也贵得不得了，”伏诚也插嘴，“有人在传‘共产党解放军打仗行，搞经济不来三[2]’，阿拉老百姓不知该怎么办……”

在这种形势下，毛泽东、陈云制定了针对性极强的应急办法，并极为秘密地行动着。11月25日，在各种物资调拨完毕后，上海等各大城市同时连续10天抛售平价粮食和棉纱。囤积居奇的资本家没有料到这一招，僵持数日后，没办法，也匆忙跟着抛售存货。结果，粮、棉市场价格一落千丈，资本家越抛越亏，但不抛会更亏。到1950年年初，物价基本稳定，广大市民纷纷赞扬共产党治理经济的才能。伏诚高兴得逢人便说，那些奸商囤积居奇坑害百姓，真正是黑心鬼。现在好了，共产党就是有办法治他们，这叫“魔高一尺，道高一丈”。

4

新中国成立后，上海市军事管制委员会采取一切措施稳定上

---

① 价钱。
② 不在行，不熟练。

海的金融、工业、商业和市民生活，其中一条是要求大、中、小学继续正常的教学活动。育林中学按照有关指示继续上课，但取消了“公民课”的授课和考试。

育林中学的课外活动场地很少，篮球场基本上成了高年级学生专用的运动场所，初中生只能当观众。有时高年级同学人手不够，也会招呼像一平那样的高个子去凑个数；有时人手更少只能练习投篮时，一平偶尔能挤进去投上几个。

在一楼门口到教室之间有个过厅，开饭时摆上八仙桌便成了饭厅，饭后把八仙桌撤走，摆上乒乓球桌又成了活动室。那一天午饭后，刚架上乒乓球桌，好几位同学在桌子两端挤着想打球，一平也轧在中间。僧多粥少，为公平起见，大家按照惯例上场，擂主两个球，攻擂者一个球。凡是攻擂者上来输一球就走人，由其他人再来攻擂；若攻擂者第一个球赢了，由擂主发球打第二个球，当第二个球擂主输了，则擂主走人，攻擂者成了擂主。同学们一边打球、一边起哄，场面相当热闹。轮到一平接拍攻擂时，由于发球比较刁钻，先得一分，第二个球由擂主发球，一平快速推挡又得一分，他就成了擂主。一平在擂主位置打了好一会儿，从门口来了一个高一班的、梳着小分头的同学，抢过拍子就要攻擂，该轮到的立坤同学悻悻地说：“按着次序排队好吗？”小分头哪听这一套，结果两人抢着拍子互相推撞起来。

一平觉得如果打起来的话，立坤可能要吃亏，就急忙说：“这样吧，立坤，我把擂主卖给侬了，侬到这边来打。”谁知那个霸道的小分头不干，一定要与一平对打。一平与他讲理他不听，接着吵了起来，两人越吵越近，动手动脚打开架了。小分头脸上有指痕，一平被踢了一脚，谁也没有占到便宜。真是好事不出门，坏事传千里，很冤枉的、完全想不到的这次打架，让“又是祝一平”在同学中叫得更响了。一平憋着股劲儿，越想越气，越想越觉得倒霉的事如同影子似的一直跟着自己，推也推不去、甩也甩不掉。

校内由高年级同学组织了一个“声声剧团”，剧团成员经常在下午放学后集中，由高年级同学传授一些表演知识。对于从来没有介入过这个领域的一平来说，觉得新鲜好玩，也就报名参加了。

新参加的十来个同学，在讲了几次表演技巧后，找了一个独幕话剧来排练，一发到剧本，一平就连续看了两遍，觉得十分有趣。剧中有房东老头、一对恋人和一位公司业务员。一平演房东，一位五十余岁的老者。安排好角色后，剧组人员就进入背台词、对台词、站位、排练、彩排等程序。

排戏占用了一平不少课余时间，使其没有空闲去调皮，去制造“又是祝一平”的不良舆论。一平觉得背台词比背语文，特别是背古文要省力些、快一些；说北京话要比说上海话别扭，说着说着会把上海话带出来。好在一平大胆、敢说，说错也不怕别人笑，勇于纠正。对台词稍顺一些后，高年级同学导演指出，不能像背课文那样说台词，要理解角色当时的心境，揣摩剧中角色的想法、情绪，用不同的语气、语速、语调来表达。通过走台步、多次排练，导演基本认可并安排了彩排。学校为了举办文化活动，准备组织文娱节目表演，独幕话剧也在其中，团员们都感到很兴奋。

演出在操场上举行，舞台是在新教室那头用竹竿临时搭的。尽管独幕话剧是最后一个节目，但声声剧团的团员们早早来到现场，借用一个教室进行化妆，热闹非凡。一平有点好奇了，只听说女孩子需要化妆，还真没有听说男的也要化妆，男的一定要吗？一个老团员告诉他，如果男的不化妆，一上台，在气灯灯光照射下会像死人面孔似的，很是难看。

在老团员的帮助下，一平脸上擦些粉，又涂了口红。几个女同学惊叫了起来："祝一平好漂亮呀！""扮相真好！"

这么一喊，弄得一平脸面火辣辣的。一个高年级的女生还笑着逗趣地说："快看，快看，他还脸红了，一直红到了耳根。"接着大家开心地笑成了一片。

得到女孩子的赞扬，其实一平心里还是乐滋滋的。这时候高年级同学导演过来一看，立即纠正："这样不行，他演老房东，脸上要稍黑一点，还得画些皱纹。"心底下却在想，祝一平还真是个美男胚子。顺手在他的脸上涂了些黑，画了几条皱纹。围着看的同学们又叫了起来："这么好看的面孔可惜了。"

挨到负责后台的同学来通知下一个节目是独幕话剧时，大家又一阵紧张，赶紧整理服装、照镜子补妆，然后蹑手蹑脚地赶到后台去了。

一平是第一次上台演戏，尽管经过多次排练和彩排，心里还是相当紧张，一上台便语气直白、动作生硬。后来随着剧情的发展和其他团员的配合，慢慢才进入角色。独幕话剧讲的是一对恋人去某公司应聘，公司要求未结婚者才予以聘用；同时恋人要找住处，而房东又要求结婚者才能租房。由此在出租的房间产生多组可笑的矛盾，剧中对话机智、风趣、幽默。演出还引来几次观众的笑声和鼓掌声，除女主角有两次忘词，经后台补词的同学及时提醒未造成冷场外，其他几个演员都还到位，获得在场老师和同学们的好评。

那个学期结束时，一平在初中二年级期终考试中有两门课开“红灯”，学校安排暑假后下学期开学前补考。

5

1949年秋，育林中学迎来上海解放后的第一个新学期，一平经补考合格后就读初三丙班，仍在校寄宿。新学期开始，开了一些新课程，发了教科书后，一平好奇地翻了翻，总有兴奋感。立坤和一平仍是同班，另外来了几个插班生，其中有一个叫做翟恺达的同学，瘦黑的脸庞，好像比一般的同学懂事、老成些，一开始就与一平谈得拢，有种一见如故的感觉。

十四五岁，正是人生充满幻想的年代，相互熟悉的同学聚在一起就会海阔天空地闲谈。有一天傍晚，一平与立坤站在过厅临操场的窗口旁，看着球场上几个同学在掷篮球玩，看谁将球掷地后回弹得高。两人便应用刚学不久的物理知识分析球的弹跳高度问题，后来还越扯越远，竟然从作用力与反作用力定律讲到喷气式飞机，再遐想着要建造喷水船。

学校中午开饭分两批，寄宿生一般安排在第一批就餐，一平也被安排在第一批；第二批主要是老师和其他员工。这个年龄段的一平喜欢上了唱歌。他在吃过午饭后，趁教室里没有其他人，就毫无顾忌地把会唱的歌一首接着一首放开嗓门地唱。尽管在自己教室里唱，但离吃饭的过厅不远，第二批开饭的老师们常有歌声陪伴着。老师们好奇，互相打听着唱歌的同学是谁，只知道歌声来自初三丙班教室。有一天吃饭时又听到连绵不断的歌声，正巧立坤从那儿走过，被有的老师认出是初三丙班的，叫住一问才知道原来是祝一平在唱。

这件事让初二级一个名叫邹玲的女同学知道了，有一天就来找一平。她直盯着一平问道："侬就是祝一平吗？"

被突然一问，一平竟有些不知所措，更何况是一个大胆的女生，他怯生生地回答："是呀，有事吗？"心里却好奇，怎么会有一个不认识的女同学来找自己呢？

邹玲露齿浅笑一声，带出两个酒窝，开口说："我晓得侬喜欢唱歌。上海市人民广播电台有学唱歌的，每周一次，电台就在乌鲁木齐路上，不远，侬想去吗？"

一平一听就觉得这位女同学直爽豪迈，是个充满热情的人，心想会有这么好的事？面对着这个陌生女孩，一平有点骨头轻①，随便地轻声嘟哝："不会要钱的吧？"

---

① 不严肃。

“不会要的！不会要的！”邹玲赶紧打消他的疑虑。

一平沉思一会儿后，用右手挥着坚定的手势：“那好，我去。”得到了肯定的回答，邹玲立即开心地轻声笑了起来，思忖，一平人长得高大，卖相又好，做事爽快，她为自己大胆而成功的举动暗暗得意。特别加大了声调：“那就说定了，再见！”转身后，她欢快地、一步一跳地离开了。

在一个星期三的晚上，吃完晚饭后，邹玲约好一平一起，好像一对多年的老朋友似的，一路上主动找话说着笑着。两人从常熟路转到华山路，向右沿着乌鲁木齐路往前，快到路口的转角处有一幢三层洋房，走到挂着“上海市人民广播电台”牌子的门口。因为是邹玲联系的，进了电台以后她便忙着张罗。一平就站在厅里东张西望，觉得新鲜。不一会儿，邹玲来到一平身边，极其兴奋地告诉他：“搞好了，来！”一把抓住一平的手，朝一个柜台走去。

一平被这个突如其来的动作吓着了，低着头被拉到柜台边，他用力扯了扯示意手正被邹玲紧拉着，邹玲这才不好意思地松开了他的手。

接着在柜台边填卡登记、领歌本，并被告知要收好卡片，那是出入电台的凭证。然后他们一起来到播音室门口，电台工作人员介绍有关要求，不能迟到早退、进入播音室要听招呼、动作要轻、不能发出响声，等等。过了约十分钟，有人来领这十来个男女青年进播音室。一平一进入播音室，首先感到房间里特别特别的静，连自己的呼吸声都能听到。后来才知道为了避免播音人员的声音失真和出现回音，播音室铺上地毯，墙上、天花板上都装有吸声材料。进门右侧墙上有扇大玻璃窗，与邻间的主持人相望，但声音是通过一个小喇叭传递的。主持人有男女各一名，相对地坐着。各人前面桌子上有许多开关，一平仅仅认得话筒、放唱片的留声机。当时教歌的女老师招呼他们就座，并做着不要说话的手势。

不一会儿，小喇叭传来主持人的话音“现在开始每周教歌”。后用目光向老师示意，并操作其桌上的开关。女老师与学员互相问好后就开始教歌。其实一平和邹玲事前都唱过这首歌，基本上能唱。半个小时后，教歌节目在老师指挥下完整地唱一遍后结束了。

从播音室出来，一平与邹玲都为第一次参加教歌播音活动感到兴奋，回来的路上边走边谈。

“到底是电台的老师，比学校的音乐老师教得好。刚才讲了唱歌喉咙要放松，喉腔要打开，喉结要下垂，就像打哈欠那样的状态。”一平如数家珍地回忆着。

邹玲提出了疑问：“老师讲了什么‘丹田’？我还不清楚。”

“我也不太明白。老师讲时我注意听了，她说‘发声的气流应从腹部脐下丹田送出’，那么‘丹田’应该在肚脐眼下方？”一平也不敢肯定地回答。

邹玲颇有感触地讲道：“是的，我有时没唱一会儿嗓子就不舒服、有点哑，可能就是嗑着喉咙唱的。我觉得侬的声音蛮好听，很洪亮。”

他们沿着乌鲁木齐路向华山路走着，由于人行道较窄，路灯昏暗，没几步路就有一棵树，走到有树的地方，一平无意识地向马路边跨一步，把人行道留给邹玲。

邹玲就立即叫了起来：“停下来！停下来！遇到树两人不能各走树的一边，这样将来两个人要分离的。”

一平笑了：“哪会这样的呢？”仍在向前跨着脚。

邹玲急了，做着手势尖声叫喊：“赶紧过来呀！”

一平只好走上人行道，挨着邹玲一起往前走。从华山路折向常熟路，送邹玲到巨鹿路家门口，道别后再回常熟路返校。从此，每到电台教歌日，邹玲都会约好一平一起去唱歌。

每周到电台去学一次歌，更促进了一平唱歌的兴趣，唱多了也提高了读简谱的能力。听说歌唱家拿到一个新歌谱，看一下后，立即能唱词。一平除了心怀钦佩外，也在不断练习。一平的课外注意力被引到歌唱方面，原来那些调皮捣蛋的事儿不知不觉地减少了。

邹玲上完初二以后没见她再来上学。据邹玲的同班同学说，家里安排她学唱苏州评弹，又有说是学唱戏，颇让人费解。

邹玲的弃学，让一平回忆起上学期快结束前两三周，一起去电台唱歌时，邹玲说到自己在学钢琴。交谈中一平问了些钢琴好不好弹、难不难之类的问题。邹玲听了心想：这不勾起一平对钢琴的兴趣了，便趁机邀请一平来家里弹钢琴。一平思忖，能有钢琴肯定是有钱的人家，自己跟她又不熟悉，贸然去了恐怕不好，因而一直哼哼哈哈没有给她明确回复。

有了两次以后，那天又与邹玲去电台唱歌，说着说着，突然邹玲不高兴地虎着脸："人家请侬去弹钢琴，侬不哼不哈地不回答，搭架子呀……"

一平一听就知道邹玲误会了，赶紧笑着答话："不是的，侬误会了。我是很想去的，但是跟你们家人不熟，怕去了不方便。"

邹玲当即抢白："什么，什么，侬不认得我呀，跟我不熟呀？"

一平听出这是讲气话，立刻表白："明天下午放学后就去总可以了吧，一定登门拜访侬和侬的钢琴。"

邹玲一听一平的俏皮话，扑哧一声笑了："这还差不多。"

第二天下午放学后，邹玲约了一平，一路高兴地领着他去家里。到了家门口，邹玲揿了门铃，一会儿一个腰系围兜的中年妇女来开门，一见面便恭敬地招呼："小姐回来了。"

邹玲叫了声"陈妈"后，就带一平走过厅堂直去钢琴房。一平跟着邹玲，厅堂好大，在厅堂的楼梯旁是琴房。琴房不大，右边侧向窗口靠墙放着一架立式钢琴，挨着琴是一个书架；左边靠墙摆着沙发、茶几。书架中有书和琴谱，还有不少小巧玲珑、做工考究的摆设，真想用手去摸摸这些从未见过的珍品，又怕把物品弄坏了，一平就像刘姥姥进了大观园，觉得处处新鲜、样样惊奇，思忖着这家人住的房子是这么大，房间布置又是这么豪华。

"侬坐呀，"邹玲招呼着说，"我给侬去倒杯水。"

一平赶紧答话："不用！不用！"脚却控制不住地往钢琴那边挪去。他是个急性子的人，既然来弹钢琴，就直奔主题。

邹玲一看这架势："侬心急啥呀。"说着就打开了琴盖，坐下来弹了一首练习曲，左右手配合协调，高低音挺和谐的。弹完一曲，让位于一平来弹。一平因为平时喜欢唱歌，常找机会利用放在学生会办公室里的风琴定音练歌，因而能简单地弹弹风琴。当他一坐上钢琴凳弹奏时觉得手感很不同，风琴那个键要不间断地揿着才有声，而钢琴键在手指刚接触时就有声。一平弹了一首常唱的歌，旁边的邹玲笑得前俯后仰，因为一平的脚在下部三个铜踏板上潜意识地踏着，邹玲指出他弹风琴的习惯动作，一平意识到时已局促不安。邹玲立即止住笑，告诉一平那三个踏板的作用。总之，一平来弹钢琴让邹玲很兴奋，忙前忙后、说这说那，倒是一平挺拘束的。

这时大门的门铃又响了，传来了陈妈去开门的声音。不一会儿，琴房的门打开了，进来一个穿着打扮入时的中年女士，邹玲叫了一声"大妈"后气氛变得严肃起来。邹玲的大妈进门一看琴房里只有邹玲和一个陌生青年，那青年长得一表人才，有点稚气却很有气质，心里嘀咕着：真不知道他们俩在搞什么名堂！于是板着面孔冷冰冰地问道："玲玲，做作业没有？"

一平一看这种气氛，马上就明白自己是不受欢迎之客，于是赶紧叫了一声："伯母！"转身对邹玲说："我该回家了。"顺势退了出来。

邹玲对着她大妈，微有抱怨地说："大妈，我去送送。"

“快回来做作业！” 听到大妈又哼了一声。

邹玲送一平出大门口后，一平坚持不要她再送，催她回去。在回家路上，一平越想越懊悔，真不该去她家弹钢琴的。

几年后一平读高三，一个冬天的傍晚，放学后从育林中学步行回家。真是无巧不成书，走到巨鹿路时，恰好迎面碰见邹玲。当时她那个架势真让人难以想象，浓妆艳抹，穿着裘皮大衣，高挑的个儿，在好几个人的簇拥下走过来。一平感到异常惊疑，同时隐约看到对方惊愕的目光。当即扭头转移视线，让出人行道，从马路边匆匆而过。后来才弄明白，邹玲实际上是那家的“养女”，新中国成立前在上海有一些这样的女孩子，读书学艺是为了提高她们的身价。

未来的事是很难预料的，未卜先知更是微乎其微。长相较好、令女孩子喜欢的一平，若当时在感情上多投入一点，或进入卿卿我我的状态，那个“大妈”能应允吗？也许会发生悲剧，俊男、靓女能不自重？

1949年初冬，学校内贴出布告，成立“中国新民主主义青年团筹备小组”，号召学生报名参加。恺达好像有点预兆似的，约着一平一起去看布告，并表示会参加，鼓动一平也一起参加。一平觉得挺新奇，心里也有这个意思，就一起去报了名。经区团工委批准，恺达和一平都成为青年团筹备小组成员。这下一平课余时间多了一项活动——参加筹备小组会议，或者到区团工委反映情况、领受工作等。

在初三上学期期末考试中，一平只有一门课开“红灯”。梅英对他还是很不满意，一平自己却觉得稍有进步。

八

1

1950年初，上海即将迎来解放后的第一个春节。市面上的物价经过整顿逐步走向平稳，市民的生活终于相对安定下来，街坊邻居都高高兴兴地准备过这个来之不易的安定祥和的大年。

刚进入腊月，辛勤劳作了一年的人们纷纷走出家门，上海的大街小巷人来人往，享受着春节前的喜悦气氛。店铺门口挂着大小各异的招商幡旗、各色彩带和大红灯笼，看一眼就让人心里感到温暖和喜庆。湛蓝的天空下，琳琅满目的各色商品、摆式奇特新颖的橱窗以及“大减价”、“跳楼价”的条幅在阳光的照耀下显得艳丽夺目。微风拂过，幡旗和条幅立即迎风起舞，仿佛在向路人点头致意，热情邀请人们进入店铺观看和购买。

随着春节的临近，街上的节日气氛愈加浓厚。各商店不失时机地摆满年货，特别是街道各处在一夜之间增多了卖年货的摊贩，花花绿绿的摆式，年画、春联、南糖北货以及碗、碟、花瓶等瓷器应有尽有。这条本以卖女鞋闻名的广西北路，此时也变成了年货的海洋。家家户户都开始采购过年物品，张罗着给家人特别是小孩做新衣裳。各家店铺里成交的欢快、嬉闹声音通过敞开的大门，直接飘入路人的耳际，使那些欲采购年货的人们不由自主地随着涌动的人流汇入其中。

春节前既是大人的腊月，更是小朋友们的腊月。糖果摊、儿童服装店、文具店更是异常热闹，孩子们拉着自己的父母来了一拨又一拨，领走心爱的东西，留下钞票和欢声笑语。

当然，这个春节伏诚家也不例外。刚进入腊月，一平、玉琴和紫琴就翘首以盼，一天一天地数着日子，盼望节日快点到来。只是作为裁缝店，越到过年时生意越忙，所以梅英是没有多少闲暇时间提早去为家里准备年货的。

腊月初八清晨，梅英早早起床后，用前几天准备好的糯米、枣、豆等给全家熬腊八粥。这是一家人都喜爱吃的食物，一平一吃就是两饭碗。这种深紫色的、稠稠的、甜甜的腊八粥口感好极了，是梅英的拿手好戏。每当嚼到了枣、赤豆、花生、莲子、葡萄干、核桃仁和桂圆肉时，一平会慢慢地品尝，还能分辨得出它们各自的味道。

腊月初八一过后，梅英硬是要抽出时间出门办年货，她算计得近乎精确，哪怕是一会儿的空隙，她也会直奔某个货摊或某家店，细选已想好的物品，迅速购回。一平、玉琴和紫琴最喜欢的就是在难得的空余时间跟梅英一起去采购年货，梅英选购了诸如做新衣的布料、干笋、鳗鲞、金针、木耳、茴香、海蜇头、浮皮、虾米，等等。一平人前人后地跟随着梅英看热闹，帮拿个东西、跑个腿，或照看两个妹妹，充当梅英的小帮手，两手揽着大包小包，俨然像一个小男子汉了。当然，玉琴和紫琴每次跟出去都会闹着要梅英买她们最喜爱的棉花糖，甜甜的棉花糖粘得满脸都是，像极了两只贪吃的小花猫。

年二十三是传统的祭灶日，也称小年。梅英长年在后面过道末端，对着小窗放个煤球炉，这就成了家里的灶膛。当天在窗台焚三根香，梅英诚心诚意地祭拜灶王爷，盼望他上天言好话，保佑来年全家平安。

送走灶王爷，每年的廿四、廿五都是家里大扫除的日子。已经长得十分高大的一平在大扫除中是梅英的得力助手，擦拭前门口橱窗四块大玻璃和店堂货柜的玻璃窗，刷墙拖地，干得浑身是劲。倒是梅英看一平这么认真、卖力，怕把他累坏了，老喊着："阿平，慢慢来。""阿平，当心点。""阿平，歇一歇。"

除了门口橱窗四块大玻璃因为是门面经常抹拭外，其余地方一年里难得打扫，所以年终大扫除还的确是从里到外、从上到下、角角落落都认真清理了一下。当然，那些拐弯抹角、旮旮旯旯的地方都是梅英包办的活儿。伏诚是从来都不介入大扫除的，就像洗衣做饭一样，他认为扫地抹灰都是女人的活，作为一个大男人，去搞大扫除形象不好、不像样子。所以每次梅英和一平里里外外在打扫时，伏诚便趁着这个空当到街市上到处看看，有时也会顺便买一些好吃的回来犒劳一番。虽然这两天的大扫除十分辛苦，的确清理出不少垃圾和脏东西，但一平心情开朗，情绪甚佳，还时不时轻哼着歌曲。他就喜欢那种打扫完以后，家里面目一新、清新亮堂的感觉，让人舒服惬意。

快过年了，店里生意越接近年末越红火。做新衣的顾客接二连三，都是要求在年前出货。有的顾客为了大年卅前能拿到新衣服，主动向伏诚提出加点工钱，结果伏诚夫妇只好加班加点、精裁快缝。半夜三更，一平在朦朦胧胧里还能听到缝纫机“嗒啦啦”的转动声。有时，一平自睡梦中睁开眼，望着伏诚和梅英坐在缝纫机前有些佝偻的背影，感到大人的敬业和辛苦，心中生出些钦佩和感动，但由于疲劳，一转头立即又睡着了。

店里兼卖枕套、枕芯，在春节前夕生意也十分红火。一平也被伏诚拉出来当他们的下手。厂里供货的枕套增加了不少新式花样；做枕芯的木棉、芦花，可以当场按顾客所需装入枕芯布套，立即缝制好，让顾客称心满意。这种产品十分走俏，很多人都非常喜欢这种现场缝制的方式，亲自看着制作过程，感觉实在、踏实。过年前夕，伏诚的小店把全家人都弄得又忙又累，但这是一种让人振奋、心甘情愿的忙和累。

按习俗，腊月廿九是女儿一家一起来吃年夜饭，腊月卅是儿子一家。伏诚的子女都还年幼，所以家里只过大年卅。

2

善诚平时总是送些海鲜或鱼虾给伏诚家，有时自己送来，有时叫阿毛带来；但每年年节前或早或晚，一般会送两条上好的鳗鲞。

腊月中旬的一天，阿毛抱着两条鳗鲞来到广西北路，刚到门口就喊开了：“三叔、三阿婶，阿爸要我送两条鳗鲞过来。”跨进门举高了一下拿着鳗鲞的手，接着说：“今年秋天鳗鲞缺货不容易买到，阿爸一共没有做几条，选了两条大的一定要我尽快送来，免得你们去买市面上质量差的货色了。”

梅英看着鳗鲞，用手比划后惊喜地说：“这么好的鳗鲞，足足有一尺宽，干干爽爽、白白净净，早知道前两天我就不买了。”说着拿出已买的一条，不仅小，而且有点潮潮的，色泽看上去也不太新鲜，接着说：“卖鳗鲞的摊贩说今年鳗鱼少，我选的这么推板[①]的一条还是那一堆货里最好的了。”

伏诚也一边看着、一边比量着，指着阿毛拿来的两条鳗鲞高兴地说：“这才是真正的上品，一看就知道是用新鲜的大鳗鲡制成的，这么大的鳗鲡要把它风干是相当不容易的。”

阿毛听着三叔三婶的赞扬，满面春风，很是开心，她接着介绍说：“阿爸这次鳗鲞做得很仔细，把鳗鲡洗干净后，从背部下刀对半剖开，去鳃和内脏，再里外洗净后，上、下分段用小竹片撑开，挂在阴凉通风处，让其慢慢风干。待它缩水后，鱼肉有些干了要换长一点的竹片，撑得更宽些。制作中不能抹盐，特别在风干的前几天不能让苍蝇去叮，因为那时鱼肉内含水比较多，蝇下了卵后很快就长蛆，鳗鲞就做不成了。”

伏诚也饶有兴趣地回忆着说：“是这样的，在镇海乡下也是这样做的。一定要在秋冬时节才能做鳗鲞，因为这时空气干燥容易风干，苍蝇也少了不易生蛆；但冬天太冷时也不行，天冷了会结冰也做不成。”说完他就去踩缝纫机了。

阿毛帮梅英把鳗鲞拿到后面灶偏间，婶侄俩就在后面说家

---

① 比喻差劲、质次。

常话。

梅英说：“今年春节额角头高，有上好的鳗鲞吃了，我注意了这两条比去年的还靓。侬阿爸、姆妈身体好吗？”

阿毛答话：“谢谢三阿婶，他们俩身体可好了。今年小菜场生意也蛮好，所以他们邪气开心，准备好好地过个年。”

梅英突然想起了什么，悄悄地问道：“侬男人离开上海有段辰光了吧，有信没有？”

原来阿毛男人因工作需要，在上海解放前两三个月跟随公司一起迁至香港，为了工作，有关方面领导没让阿毛随同前往。其间仅来过两次信，报过平安。阿毛对梅英很有感情，诚恳相待，跟她妈相比，与梅英相处更投机，两人虽是婶侄，关系简直像姐妹一样，可以无话不谈。梅英这一问，阿毛眼圈红了，低下头摇了一摇，轻声地告诉梅英：“这个‘冤家’从来不跟我详详细细说清楚，当然我也知道这是纪律，不允许对任何人透露。他的领导专门找我谈过话，说他很好，要我放心。但不允许他直接与我联系沟通，要我谅解、不要猜疑。”

梅英听了也不知道该如何劝慰阿毛，只好不轻不重地说：“我想侬男人伊一定有顶顶重要、邪气重要的事要做，当然我不明白伊为啥对老婆不好讲呢……这样吧，春节侬来我家过，我们俩好好讲讲闲话。”

阿毛心里思忖，三婶家就这么一个小店堂，我再轧进来，怎么睡呀。但是感情上还是想与三婶多聚聚，很感激三婶的好意，于是便婉转地说：“三婶，谢谢侬这么客气，我想过年还是去虹口三角场过，新年里我会来拜年的。”

梅英知道家里实在太小、太挤了，也就没强留。阿毛走后，她将两条大鳗鲞砍成几段，用旧报纸包了两层，挂在灶偏间通风的地方。

3

春节前后上海的气温比较低，常出现零度以下甚至还有结冰的天气，遇到这种时候居民可苦了，因为不少露在外面的自来水管会结冰，急着要去上工的人没水用，真正愁煞人了。大家只好在水管外边用火烧边敲击管子，每每弄得焦头烂额。但是这种气候对梅英准备年夜饭是有利的。她提前好几天已经把烤麸、红烧肉、鳗鲞等做好，放在陶樽里储存着，吃时盛些在锅里热一热或蒸一下就行。年夜饭当餐只要做那些特殊的、主要的菜肴就行了。这么丰盛的菜肴，家里只有过年才有，一平、玉琴和紫琴像三只馋猫似的翘首以盼，心里格外期待，这一盼就是整整的一年。

“过年喽！过年喽！”紫琴跟着玉琴围着八仙桌叫着，她们清脆的喊声，犹如一阵阵银铃，增添了家里的喜庆。

除夕之夜，一家五口人，坐在八仙桌旁。桌上的菜真的丰富极了，那白斩鸡、红烧肉、鳗鲞、白蘸肉、全鱼和三鲜汤等，都是全家最爱吃而平时又很少能吃到的。桌上的汤还在沸腾，紫琴已经馋得等不及了，故意大声对梅英说：“姆妈，我们快喝汤吧，侬看那个汤都在一个劲儿地冒泡，叫喊着‘快喝我吧，我等不及了！’呢。”大家被她幼稚的幽默逗乐了，一平赶紧在她的小饭碗里盛满了三鲜汤，嘱咐她吹一吹再喝，当心烫着嘴巴。这晚的饭桌上，全家谈笑风生，其乐融融，好不热闹。

过年期间，特别是吃年夜饭，本来是要喝酒的，但伏诚不会喝酒，平时晚餐只用五钱小酒杯喝一杯“五加皮”，即使这点酒，喝后也会满脸通红。过年为了让大家吃得尽兴，就烫了黄酒，连梅英和一平也尝试着喝了一点；玉琴和紫琴还小，梅英怕酒烧坏她们还没有发育完全的脑子，就只让她们尽情地吃菜。梅英做的菜是色、香、味俱佳，一家人都爱吃，当她看到一平、玉琴和紫琴狼吞虎咽可爱的样子，心里乐开了花，脸上的细微皱纹也舒展开了，直劝着说：“慢慢吃，别哽到了喉咙。”

平时一平发现梅英吃得很少很慢，往往在一家人快吃完时，她才真正地开始吃饭。一平觉得奇怪，就问她为什么不和大家同时吃，她总是笑着说她喜欢吃菜汤，只有等他们吃完后留下菜汤，她才能更好地吃饭，一平就真的相信了。久而久之他终于发现，其实她是先让一家人吃饱，然后才就着一些剩的菜汤下饭。梅英一年忙到头，过年过节也没有好好歇歇，经常动足脑筋、变换花样做各种可口的菜肴让家人，特别是正在长身体的孩子们吃好。梅英心想，只要孩子们长得好，全家人健康，再辛苦也值得了。一平已经懂事了，吃饭时会夹一块鸡或肉放在梅英的饭碗里说：“阿姆辛苦了。”这时梅英的脸舒展得更开了，眼里写满了欣慰。

午夜12点整，门外响起了噼里啪啦的鞭炮声，此起彼伏。

“爆竹声中一岁除”，人们用响亮的新春鞭炮来迎接新的一年的到来。全家人挤到门口看热闹，伏诚和梅英拉着紫琴站着眺望，一平和玉琴就在街上乱窜。整条街都灯光通亮，各色烟花照得夜空一会儿红、一会儿绿、一会儿白，满街五彩缤纷。此时此刻，整个上海市成了灯的海洋、烟花炮仗的海洋、欢乐人群的海洋，烟花的色彩和红色灯笼和谐地连成了一片。这一夜，炮仗声、烟花声，人们的喊声、笑声、祝福声，像一支动人的交响乐，响彻天空。

街上各家店铺打烊后，大人辛苦了，小孩也玩累了，但还十分留恋外面的热闹，梅英却忙着整理地铺，催着一平、玉琴和紫琴快睡觉。

夜深了，整个街市终于安静了下来，但街上仍有零星的炮仗声、烟花声和叫喊声传入一平的耳膜，年轻人有用不完的精力，还能再疯玩一阵，因而挠得他心里痒痒的不能入睡；而梅英还在窸窸窣窣忙着东清西理，辛苦了一年也没法早点休息。躺在柜台上的一平眼前浮现了梅英刚才的笑容，想不明白她还在忙些什么。想着想着，不知不觉就睡着了，那一夜他睡得很熟、很香。

4

大年初一，天刚亮，街上的炮仗声开始零星响起，并随着天的亮度增加而密集起来，噼里啪啦的声响把一平、玉琴和紫琴从睡梦中惊醒。“嘭……嘭……”有人开始放起“冲天炮”了，洪亮的炮仗声让他们再也不想睡了，天还没有大亮，三个孩子特别是紫琴就吵着说要起床。

昨晚打烊后，梅英整整弄弄搞到半夜两点多才睡，她心想初一不开门营业，正好可以睡个懒觉，这可是一年中难得的懒觉。但是紫琴就是闹着要起床出去玩，梅英看着实在挨不过去，只好起来，嘴里戏谑地念叨："小冤家呀，昨天这么晚睡，早晨还不让多睡一会儿。"边说边把新棉袄拿给玉琴，自己给紫琴穿衣服。

一平在枕头底下一摸，兴奋地告诉玉琴和紫琴有压岁钱，她们也兴奋地赶紧在枕头底下找。一会儿，三个孩子洗漱完毕后出门去玩了。来到街上，只见满街上几乎只有孩子，他们都穿着节日的盛装，脸上都挂满了喜气洋洋的笑容。有的男孩子在说说笑笑，有的女孩子在比谁的衣服更漂亮，有更小一些的孩子则三五成群地在玩游戏。玉琴和紫琴很快就找到了她们的同伴，并高兴地参与了进去。

按照镇海家乡的习俗，初一是不能动刀的，所以早晨吃的年糕泡饭中的年糕，在年卅夜就都已切好了，年糕隐含"年年高"之意，梅英希望孩子们长得高高大大，成绩越来越好；也希望伏诚的生意年年高。初一也不能扫地，怕把新一年的财气扫出门，跑到别家去了。初一到初四，家里用高脚碟，始终放着一碟长生果、一碟酱油瓜子，随吃随时补充。小孩子最盼望过年是因为可以吃好菜、有零食；穿新衣、放炮仗；不挨骂、尽情玩；拿着压岁钱，可以自主买些小东西。

按习俗，初一也是不访客的，梅英跟一平说这可能与年卅熬夜守岁有关。初二是女儿回娘家拜年，初三是亲戚间来往拜年。初一到初四，街上店铺基本上都打烊，当然，一般都留有看门的伙计。一平闲着没事会好奇地到街上开着门的店铺去张望，还时不时和留守的店员搭讪，他们说也十分想回家过年，可惜老板缺人手，只能在异乡的梦中实现全家的团圆。当时一平猜想，留守的店员没法吃到家里的好饭菜、不能拿到压岁钱，因而才会不高兴，他还挺为他们“惋惜”。

一平最喜欢凑热闹的是那些备有打击乐器，如鼓、大锣、小锣和钹等的店铺，也会大胆地轧在里面和店中伙计一起敲打。似乎很快就能和店员们敲击节奏同步了，而且还比较和谐。每种乐器几乎都敲打过，最后一平发现，在锣与鼓这两种打击乐器中变化多一些，他还能敲出点新花样，不少伙计倒也愿意与他合作。那些人看到一个大小孩还能敲出点变化和技巧来，不仅认可了他的技艺，还直夸他，搞得一平脸都红到颈脖上了。这种辰光一平很是得意，有一种成就感，心里十分开心。

5

初三是伏诚家过春节中最热闹的一天。每年那天十点多，伏诚的连襟阿根家的一群孩子必来拜年。这么一个小店堂一下拥来六个年轻人，每人拱手拜年，“姨丈、梅姨”的声浪一波下去，一波又起，似乎把整个店堂都撑大、撑鼓了。拜完年后，除了月婵规规矩矩地在八仙桌边坐着与伏诚、梅英叙谈外，其他几个立刻就嬉笑逗乐开了，打打闹闹的像一个游乐场，如果店堂上面没有二层楼的话，那定会把房子顶盖冲开的。

伏诚尽管与阿根闹过不愉快，但看到这群活泼可爱的孩子，脸上也时不时地露出开心的笑容，他尤其羡慕，甚至可以说是妒忌阿根怎么会有四个儿子，想着想着就开始责怪自己和梅英怎么就老生女儿，不多生几个儿子呢。他与阿根的大儿子大渊最谈得拢，听大渊讲他工厂里的情况，谈自己的工作成绩，当然也讲他母亲的病情，一般亚渊会一声不吭地陪坐在旁边。

每年的年初三，一平就盼着这群哥哥姐姐早点来，他们的到来为家里增添了别样的热闹。那时伏诚也不好管太多，他可以自由自在想玩什么就玩什么。最令他高兴的是与封初、殿渊在一起，漫无边际地讲闲话，到门口马路上放炮仗，甚至带着他们到一些店铺去敲锣打鼓。而玉琴和紫琴就像两条甩不掉的小尾巴似的跟在他们这三个小哥哥屁股后面打转。

梅英想叫月婵出去街上看看热闹、逛逛街市，因为她在家要陪桃英，平时极少上街，但她执意要留下来帮忙一起准备午饭，梅英看劝不动也就算了。刚好她也正想从月婵那里知道些情况、讲讲闲话，所以也不再劝告。月婵真是个很能干的女孩，淘米、切菜等家务活与梅英配合得非常协调。尽管厨房屁股这么点大的地方，勉强能挤下两个人，但变动位置时得互相小心地谦让着，否则会撞到人的。她做事麻利，事事做得有模有样，让梅英直夸不已。

由于梅英的姐姐桃英长年有病在身，所以在阿根的家里，月婵就自然而然地“长女代母”了，家里的家务几乎全部是月婵在操持。月婵个子高挑，比她妈还高过一个头。但可惜的是长相实在太像她爸了，除了腿长腰细之外，没有遗传到她母亲的任何优点。皮肤黝黑，扁平的脸，小眼睛单眼皮，尤其是腮帮子后侧靠近耳朵跟前好像多长了一块肉，两侧宽出更显得脸型怪异起来。尽管她长得比她爸秀气，但那张脸看上去还是像个男人的脸。梅英平时在家里讲起月婵时总是说：“唉！这个月婵身材多好，长得苗条，屁股也大，结婚后一定能生孩子。就是那张脸像死伊爸了，只要有伊妈一半的长相那可多好呀。侬看伊的几个弟弟都像妈，一个比一个俊美，老天真是不公平。”说完后，还在为月婵感到惋惜。

从小养成勤劳能干习惯的月婵，是个闲不住的人，就像梅英说的那样，可能是个天生的劳碌命，当然，这也可能与她母亲的身体一直不太好、干不了什么活有关。尤其是桃英病重以后，只能休养身体，里里外外就都由月婵包办了，把父母和几个弟弟侍候得妥妥帖帖。一日三餐会调理，天冷天热勤添置，换洗及时、干干净净，家里搞得井井有条。梅英经常对人说，谁要是娶到月婵，将是一家子、一辈子的福气。

月婵其实已经到了谈婚论嫁的岁数，可能是家里实在离不开她，可能长相太一般，也可能月婵自己不着急且也没有出去活动的机会，就是没有人来说媒。梅英心里对这件事一直很是挂牵，知道桃英有病没法张罗，这可是关系到月婵一生的幸福，她这个做小姨的自然而然就着急起来了。但又苦于自己整天忙不完手里的活，交际太少，认识的人也不多，几乎没有时间和机会来为月婵操办这件事。所以，梅英对此事只是操心，而无力操办。

梅英十分担心桃英的身体，不知道她这病怏怏的身体还能挺多久。与徐家的关系就因为她们俩是亲姐妹才艰难地维系到现在，万一姐姐有个什么三长两短，因伏诚与姐夫有芥蒂，还真的有可能就不让孩子们互相串门了，一想到可能将会失去亲姐姐，因而很可能也看不到这群可爱的孩子，她就感到胆战心惊。再说，她已看透了姐夫不是个重情义的人，一旦姐姐有个好歹，肯定会很快续弦，最后受委屈的还是这群孩子，在后妈调理下，他们的生活还能舒坦吗？所以她马上收起那些不好的思绪，焦虑地询问月婵她妈的那个病，医生具体怎么说的、怎么个治法。

“开始一直看中医，不知吃了多少贴药，就是没有什么效果。”月婵开始详细地陈述着，边说边皱眉头。“前一段时间又去医院看了西医，做了多项检验，好像是胃里面长东西，医生说，‘开刀割除可能有一线希望’。这就是说，开刀也没有治好的把握，只是试一试，而且钞票要得莫牢牢[1]。将来会不会鸡飞蛋打、人去财空，我阿爸挺有顾虑的。姆妈听说要开刀就吓煞了，伊坚决不同意被割一刀，所以只好在家拖着、养着，每天由我来服侍她的起居。”

梅英摇头叹息说：“这么拖着也不是办法，月婵侬去打听打听有没有什么土方、偏方，有时候治疗疑难杂症还是挺灵的。”

---

①很多。

月婵听了之后就苦笑了一下，告诉梅英说：“我早就到处托了人不断打听。找到一些说是好药，但姆妈吃什么都要吐，没有一点效果。”说着说着，泪水就在她的眼眶里打转了，她还告诉梅英，“他们家的那些街坊邻居都在私下谈论她的姆妈说：‘老公会挣钞票，子女长得又好，但是自己病得不轻，可惜没有命享受，真是红颜薄命。’姆妈听了心里也很不是滋味”。

聊到这里，梅英才感觉过年过节似乎说得过于悲伤了，很不吉利的。因而立即转变话题问道：“几个弟弟可好，特别是封初到你家习惯吗？和几个哥哥合得来吗？唉，这个苦命的孩子！”

月婵似乎也意识到了大过年的不应该在小姨家谈那些不愉快的事情，心里有些责备自己太不懂事了。不过一说起她的弟弟们，她脸上慢慢地就有了些笑意，她告诉梅英大弟弟厂里的工程师要他去办公室画画、写字，正高兴着呢，而且工钿也加了。每月把钱都交给她，她就好好地替他保管起来。

梅英告诉月婵，老大已经长大了，应该多让他身上备些零花钱。一个大小伙子，工作了要交际，这是十分有必要的。

月婵边切菜边听小姨的建议，心里十分感动。因为她母亲病着，父亲又不太好说话，她简直把小姨当妈看待了。她还兴奋地说老二虽是个闷葫芦，三年学徒也快出师了。老三活跃调皮，就是难管，一会儿这样，一会儿那样，“花洋镜”般，她就怕他在外面惹是生非。因为有一次老三发现有人在马路上偷皮夹子，大喊一声要打抱不平，结果小偷一伙人围着他要打人。好在路人中还有不少好人出头，大家一齐助威起哄，才把小偷给吓跑了，要不老三肯定会被人打得头破血流。

梅英一听，心想这是好事呢，就说：“季渊有正义感，为人正派，这小鬼头将来会有出息的。”

“封初到我家来很快就习惯了，他和老四一起上小学。两个人一起上学，一起做功课。他经常问起梅姨侬和一平弟弟。今天说要来广西北路，可高兴了，自己穿好新衣服，老早就等在门口……”

主要菜肴梅英年前都已准备好，只要盛出一些热一下，因而午饭很快就做完了。一平架起八仙桌，摆上碗筷开饭了。因为人多不够坐，伏诚吩咐：“你们小人围一桌先吃，我们早餐吃得晚，不饿，等一下再吃。”

月婵立即接口说话：“不可以的。姨丈、梅姨你们上座，我和大渊陪坐。其他小巴辣子都盛一碗饭来夹菜站着吃。”月婵一说话，那几个弟弟就无话了，都服服帖帖地照着去做，规行矩步轮流来夹菜。这让伏诚和梅英看着很宽慰，觉得月婵调教得法，能把几个弟弟培养得如此懂事，的确做到了“长女代母”。

饭后梅英正准备收拾饭桌，又是月婵不让她来忙，一边吩咐：“殿渊、封初和一平来收摊，碗筷放置由一平来归位。你们动作慢一点，每次少拿一些，现在是过年，千万别失手。”一边给伏诚和梅英各泡了一杯茶，让他们俩好好坐着休息一下。伏诚看到月婵这么懂事，心里就越来越对这个外甥女有些刮目相看了。

饭后收拾定当后，月婵说他们该回家了，不放心在家的母亲。梅英还真舍不得他们走，但也不敢再留。舍不得他们走的还有一平，他左手拉着殿渊，右手牵着封初，那个难舍难分的劲儿很是动人。在一个一个、越叫越响的“姨丈再见！梅姨再见！”声中，这一群活泼的小伙子们跟着月婵慢慢地离开了广西北路215号，梅英与一平一起送他们到福州路口。热闹了一天的裁缝店突然间安静了下来，顿时，一平心里有着说不出的失落，小小的裁缝店也似乎比平时空旷了许多。

6

初三傍晚玉琴看着别人家的大人都带小孩出去玩，就缠着梅英要去老城隍庙。梅英被缠得没办法，就对一平说：“阿平呀，我走不开，侬就带伊去白相吧。紫琴还小不能带，要避开她。”一平历来最听梅英的话，立即答应第二天带她出去玩。

初四早晨吃过早餐，梅英要玉琴换一件新衣服，又暗暗塞了一些钱给一平，示意他俩悄悄出去。紫琴像个小侦探发现了点什么线索似的，老黏着一平一会儿东一会儿西的。一平一面暗示玉琴不声不响地出门在四马路路口等着，一面与紫琴搭腔：“来！哥哥给侬叠纸鹤好吗？”说着找出纸折叠起来，紫琴站在旁边专心地看着，没在意玉琴已走出后门。一会儿叠好了，用左手捏住前胸，右手捏尾巴，一拉一松，鹤的翅膀便忽闪忽闪动起来，紫琴一看高兴地踮着脚：“哥哥给我，快给我呀。”紫琴拿着纸鹤一拉一松，嘴里念念有词：“飞呀，飞呀。”满屋子转，转出门口去玩了。这时一平趁机从后门出去与玉琴汇合去了老城隍庙。

等一平和玉琴回到家已是午后，两人走得又饿又累。梅英赶紧拿出饭菜："快吃吧，饭冷了用开水泡一泡。"

那边紫琴发着小脾气拉着玉琴说："阿姐坏，阿姐坏。"边说边哭。

一平一把抱起紫琴，转个圈又把她放下，让她站着，蹲下问她："哥哥给侬折的纸鹤在哪里？"

紫琴哭着委屈地回答："让隔壁阿义头拉坏了。"

一平故意大声地说："这哪能行，我去找他算账。等哥哥吃完饭再给侬叠两只好吗？"紫琴稍有喜色地点点头。

"这是什么？"一平又从口袋里摸出一个小纸包，晃了晃。

紫琴伸着手："给我，哥哥快给我。"等她打开小包高兴地喊："种子糖！有三粒。"

一平哄逗着紫琴故作慷慨地对她说："都给侬啦。"紫琴的小鼻梁旁露出几条笑纹。孩童的喜怒就像夏天的雨，说来就来，说走就走。

初五开市，迎财神。像伏诚这样的小店铺就不搞什么仪式，但会有人打扮成财神，手拿道具金元宝到每家每户门口跳呀舞呀，得送个红包给他们讨些吉利话。初七是人日，也即所有人的生日，习俗要吃丫头羹。新年一直要闹到正月十五元宵节，这是新的一年中第一个月圆，要吃元宵。宁波人称之为汤团，取其团团圆圆的好意。

元宵节最好看的要数傍晚开始的灯市。各式精巧奇特的花灯沿着南京路巡游，人们沿街围观，各商家还会放烟花炮仗，熙熙攘攘，热闹异常。每家也都挂各式宫灯、壁灯，小孩子也人手提一盏小灯。能挂走马灯的一般是让人羡慕的富有人家。那是一种里外两层都画有好看的彩色图案的桶形灯。在中心底部点上蜡烛，内层的图案就会转动，若画的是马，在烛光照耀下，马便活灵活现地走动起来。

孩子是过年过节中的一号主角，他们是应该享受快乐的。梅英也给一平、玉琴和紫琴各买了一盏灯，特别是那盏大的兔子灯，做得精致灵巧。一平他们无法在兔子灯内底座插上蜡烛，伏诚和梅英就兴致勃勃地来帮忙。

一平从兔子灯内拿出点着火的蜡烛，几个人围着兔子灯，伏诚右手伸入灯内底座进行修理。一会儿闻到一股烧焦的味道，大家开始警觉，哪来的焦味？移开兔子灯马上发现，原来当大家聚精会神探头望着兔子灯时，一平手里拿着点燃的蜡烛的火焰，正好对着伏诚的左袖，把那件新的呢子长袍袖子烧焦了。尽管没有明火，仔细一看显然有一个隐洞。这下家里的空气凝结了，一平吓得一声不响地低下头。烛火怎么会烧着伏诚的衣袖呢？若按平时，一平还真不敢想象接下来将会发生的事情，只是吓得木头木脑地站着。

梅英马上焦虑不安起来，难得全家人热热闹闹玩灯，怎么会闯下这样的祸。既心痛新衣服被烧坏了，更担心一平又要遭罪了，无意识地往伏诚和一平之间挤着。伏诚查看已发硬的左袖，邪气挖塞[①]，心火上涌！在平时他肯定要责怪一平做事情毛躁，

① 形容很生气的样子。

刚穿两天的新呢长袍就被他给烧了。但扭头看到已比自己长得高的一平灰头土脸、惊愕无助的样子，终于还是心软了下来。心中飘过了一丝惋惜和无奈，孩子确是无意的，而且那天还在过着春节，是不应该生气、不能发脾气的。

令全家人觉得不可思议的是，伏诚最后竟破例没有发脾气，只是说一句："明后天去补补看。"这可是伏诚今生今世对一平、他的儿子第一次"妥善处理"，这样反而让一平心里更没有底了，一时还真不适应伏诚的言行。两只睁得特大的眼睛投向梅英，充满了惊疑和求助。

梅英急忙顺水推舟，双手轻推着三个孩子："去，你们自己去玩吧。"

闹元宵，闹元宵，闹过了元宵春节也就结束了。要把玩的心思收一收，开始新的一年的劳作。一平心中琢磨着，从有记忆起，就这个春节与过去的不一样，的确留下了许多好印象。没有听到大人念叨物价上涨的话；没有看到打扮得花枝招展，傍晚在街边拉客的妓女；没有遇到凶神恶煞般的流氓，初五开市来要保护费；弄堂里修建了男人小便的简易厕所；人与人之间喊一声"同志"觉得很亲切。这一切让一平记住了这个不一样的春节，它从此在心底变成了一个少年时期充满美好和温馨的记忆。

越过冬日的大地，春的气息近了。

九

1

春节已过，迎来了一个万物复苏的美好季节，新的学期又开始了。那天，一平迎着朝霞来到校园，开始了新的征途。一平是要上初三下学期，梅英在一平开学前的一个晚上特地嘱咐他要抓紧这初中最后一个学期的辰光，不要让大人们失望。

当一平拿着行李刚到学校，立即就嗅到了浓浓的不安气息，同学们三五扎堆，议论纷纷，没有了过去开学日同学们相聚时欢快、热烈的氛围，而在布告栏上贴着全体师生九点钟到操场开大会的通知，更增添了一种难以预料的神秘感。

原来育林中学出现了一个叫“D.Y.P.”的组织，即“民主青年会（党）”的反革命特务组织，组成人员以育林中学师生为主，波及三四个中学。头头是化学老师刁辰庆和物理老师闫列侬，他俩是国民党中央情报局的人，教书只是一种掩护。因为不甘心国民党节节败退丢城失地，被安排潜伏下来，幻想有天能配合国民党军翻天，像暑天粪坑的蛆那么活跃。“D.Y.P.”在上海解放前夕开始组建，并逐步扩大，到解放时已有约成百名成员。开学那日召开师生大会，静安区公安分局有关人员通报案情，会议结束时号召全体师生继续检举揭发，肃清流毒。

参加“D.Y.P.”反革命特务组织的主要是高中同学。刁辰庆和闫列侬利用年轻学生待人热情、好交友和好奇心强的特征，诱使学生入会。他们对外宣称要打仗了，怕战乱中同学间失去联系，加入这个组织可经常联络聚会、相互有个照应。绝大多数同学是被骗加入的，也没有参加反革命活动；但也有部分骨干分子，在特务头子指派下，参与反革命活动。有的到上海周边农村打听解放军部队的番号、人数、部署和调动情况；有的在解放军驻扎地区的井水中下毒；有的煽动老百姓不要与共产党合作；有的散布谣言“共产共妻”、“解放军打人骂人欺压民众”、“共产党员都是些泥腿子出身，管不好大上海”、“国民党很快就会打回上海”，等等。

有一次在课堂上遇到国民党飞机轰炸上海，刁辰庆竟然说“娘舅来了”。当时同学们听得一头雾水，揪出“D.Y.P.”反动组织后才明白，他是既瞧不起共产党当时刚组建成立的空军，嘲讽其没有形成战斗力；又妄想国民党能打回上海来。育林中学在解放后建立的第一届学生会就让“D.Y.P.”分子给控制了，他们把学校政治思想领域搞成一潭死水。虽然破获了“D.Y.P.”特务组织，抓了特务头子、骨干和反革命分子，但肃清他们在政治思想上的影响，绝非一次大会就能解决的。

开学第三天，一起参加建团的恺达找到一平，神秘地告诉他说高一班来了个插班女同学。他们俩都很兴奋，因为尽管是在上海，女孩子读书的毕竟也比男孩子少，能读到高中的女孩就更少，而且还是来插班的女生，虽然还没有见过，但恺达和一平就觉得她已经显得有些神秘了。于是，他们俩商量好利用课间休息时间跑去高一年级一睹为快。

学校来了个插班生，而且还是个女生，那是很容易被发现的。果然，在高一班教室门口附近，有一堆女生围着说笑，很远就看到有个陌生的身影。他们故意假装从这堆人身边路过，那个陌生的女生蓄齐耳短发、身材中等偏高、苹果脸、大眼睛，笑起来挺甜的，她正在和旁边的那群女生有说有笑呢。一平和恺达指指划划确认以后，发现这个插班女生外表上看上去和其他学生并不显得有什么特殊。

由于育林中学破获了“D.Y.P.”反革命特务组织，所以学校对上学期成立的新民主主义青年团建团小组成员作了甄别和调整。恺达和一平仍是新组建的建团小组成员，因而他们俩经常要参加建团工作的会议，有时在区团工委，有时在学校。

让人意想不到的是，新来的高一插班女生也是建团小组成员，而且还是小组的召集人。在一次建团小组开会时，她自我介绍说：“我叫向淑芬，很高兴和大家一起参加建团小组工作。区团委要我临时负责召集大家，希望同学们支持，我们共同努力把育林中学团支部建立起来。”说话中肯，态度真诚和蔼，看起来像个团结同学的种子。恺达和一平也因建团工作经常和她在一起，都觉得淑芬能够倾听每个成员的讲话，她自己虽然话不多，但讲起话来却很有条理。有时大家争执不下，经她最后一讲，双方都愉快地达成一致，会按她的讲法去做。她慢慢地就在建团小组中间树立了威信。

2

学校经常召开学生大会，学生集合需要有人来指挥唱歌，当时的学生“指挥官”是一个叫郁慕庭的学生，他正读高中二年级，听说还是“D.Y.P.”特务组织中一个一般分子。因为他受到“D.Y.P.”分子的思想蛊惑，常常不按会议组织者要求来指挥，经常唱一些和会议气氛不协调的歌，有点别扭；而且还爱摆架子，总要三请四请才能上台来。建团小组在议论此事时都感到很气愤，不约而同地说要换掉他，但讨论到由谁来替代时，大家面面相觑。当淑芬晓得一平爱唱歌且能唱歌时，竭力鼓励他上台顶替。她非常幽默地说：“祝一平论卖相有卖相，论嗓子有嗓子，再学一下，上台去指挥‘一只鼎’！”

说得大家嘻嘻哈哈，有的还拍手叫好。一平羞红着脸默不作声，心想既然大家这么看好自己，那就试试吧。好在一平懂得些唱歌知识，也有电台学歌的经历，那时电台音乐老师指挥大家唱歌，一平坐在底下也悄悄地跟着她指挥的手势比划过，二拍、三拍、四拍，比划着好像有点样子。他还暗暗地观察过老师在指挥时如何运用手势准确传达歌曲的快慢和情感。在当时仅仅是觉得好玩罢了，没有想到今后会对自己还有什么用处，现在可派上用场了。

当大家一致推荐一平做唱歌指挥的时候，一平心里当然有些得意。不过，得意归得意，压力也很大，毕竟是第一次。为了做好充分的准备，一平好几次在放学后的校园里，找一个空旷地方，将常唱的歌边唱边练习指挥，有时还请了秉义等几个玩得好的同学来给予指正和提意见，慢慢地，他心里就有点底了。此外，定音高低也是一个关键，为此，一平硬是凑足平时少得可怜的零用钱，买了一支定音器，应该算是舍己为公、尽心尽力了，并暗下决心一定要学会，搞好唱歌指挥工作。

又到全校开大会的时候，主持人宣布请祝一平为大家指挥唱歌。这一宣布让那些还不知情的同学们感到新奇，因为以前都是高年级的郁慕庭指挥的，而主持人说的是一个陌生名字，会场安静下来，静静地等待着新指挥者的出现。当时一平大大方方地走上前台，可是待他走到前台中央，朝台下一看，黑压压一大片人头，这架势一平从没有经历过，硬是愣住了！但不可思议的是，在这种情形下，他心里竟然还能马上告诫自己要沉住气。

一平开口大声地报了歌名，举平了双手，用带着童声的嗓子唱了第一句，台下顿时静静地，似乎被吸引住了。“预备——唱”会场上即刻爆发出嘹亮的歌声。一平挥动着带有青春气息的双臂，全身心地投入，好像在指挥一个大乐队似的，歌曲的节拍时强力、时柔和，刚开始的一丝怯场已完全消失。一平渐渐感觉到随着歌曲旋律的不断变化，他对着的是高山、峰谷、泉流、田野等，而不是同学们；到了歌的末尾，他摆出一个结束的手势，会场气氛顿时活跃了起来。然后一平恭恭敬敬地鞠一个躬，走下台去。很多认识的和不认识的同学跟他打招呼，一平红着脸轻轻地挥手回应着，走回自己的座位。大会结束以后，建团小组的同学好像打了一场胜仗似的，兴奋地把一平托起来，向上空抛了两三下，祝贺他一举成功。

从此以后，凡召开大会，会前的唱歌指挥工作几乎就是一平包办了，而且名声还传到了校外，全区学生干部开会、听报告之类的场合下，别校的学生干部会喊："'育林中学'来指挥唱歌！""育林中学祝一平同学来了没有？""来了！来了！"台下有人应答，主持人就邀请他上讲台去。会议主持者也愿意安排集体唱歌，这样既符合年轻人的天性，又能让同学们集中注意力转入会议正题。

随着时间的推移，一平指挥唱歌的技术日臻成熟，可以指挥分部轮唱。有一次，静安区青年团员与解放军联欢，人很多，大家围坐成一个大圈。一平被邀请在会前指挥唱《解放区的天》，他沉着地站在圈子中央，清晰地交代分一、二、三、四部轮唱，定了音以后从第一部指挥到第四部。大家热情地唱着，到歌曲的最后，他做出一个坚定的结束手势，歌声戛然终止。会场轰然，气氛相当活跃。

一个礼拜五的上午，在课间休息时，郁慕庭找到恺达匆匆说了一句："告诉祝一平最近要小心一点。"正当恺达感到莫名其妙时，郁慕庭已迅速离去。

说来也巧，当天放学后团筹备小组开会时，恺达把这个情况告诉一平和与会者。大家在会上一起分析了很久，还是不能确定郁慕庭的话是威胁还是通风报信。但恺达很确定地说，他从郁慕庭的说话口气来看应该是报信，因为他说完话后是急速、灰溜溜地走掉的。

一平有些紧张地问道：“是不是我替代他指挥唱歌，他不开心，要打架呀。”说这话时，他的头上已经渗出了星点汗珠，毕竟一平还是初中生，年轻一些，而慕庭是高中生，要打架的话，一平肯定是要吃亏的。

淑芬看他如此忐忑不安，便安慰他说不要害怕，还有建团筹备小组成员呢。她仔细地分析道：“这件事看来不那么简单，因为郁慕庭同学是个有点小艺术家气质、胆小怕事的人，后面可能还有其他人在作梗。他是因为怕出事，所以告诉恺达，两面都不得罪。”接着又安抚了一平一番，让他放心之后，筹备小组还研究了哪些同学可成为第一批团员，然后结束了会议。开完会天色渐暗，小组成员在走出学校弄堂口时，看到街上行人稀少，就各自回家了。

礼拜五下午放学后，郁慕庭路过离学校大门不远的弄堂口时被一个穿黑短衫、戴墨镜的人拉扯过去，说要他指人。那个弄堂口是学生放学回家的必经之路，他们等了好久，天都快黑了，还没见一平出现。慕庭突然想到一平是寄读生，并不是每天都回家，在告诉戴墨镜的人这个情况后说：“估计明天星期六祝一平会回家的。”穿黑衫的人悻悻然说：“今天算了，便宜了他，明天放学再来。”

第二天上课前，有好几个同学都在叽叽喳喳地说昨天放学时弄堂口有好几个不三不四的人，其中立坤也说看到了。一平听了之后，明白了一大半，很有可能是找来对付自己的打手。一平庆幸自己开会晚而且住校躲过了这一劫，不然现在就可能遍体鳞伤地躺在病床上了。

当天下午放学后，一平和立坤一起走出校门。“祝一平等我一下。”走在后面的恺达喊了一声，快步跟上，三人一起说说笑笑朝弄堂口走去。立坤想起了上午同学们议论的事说：“今天不知道还有没有不三不四的人？”快出弄堂口时，立坤眼尖，用肘碰了碰一平，悄悄短促地说：“侬看，就是那些穿短黑衣的……”立坤还没有说完，不知哪里从后面上来两个人一齐推开立坤和恺达，把一平围在中间。一平一看知道不妙了，两侧被他们一边一个人堵住，这次想跑也跑不掉了，一平的心顿时有些慌乱，但他告诫自己要沉着冷静，随机应变。

“侬就是祝一平。”

“你们想干什么？”

“干什么，就是要教训侬！”话音未落，两只拳头就上来了，一个朝头部，一个朝腹部。幸亏一平反应敏捷，头一闪把打头的一拳给躲开了，但腹部却挨了一记重拳。这时另外几个穿黑衣的人已经在他面前堵着。一平还是有点力气，猛一挣扎，突然脱开了两人的夹持和包围，大声叫喊：“光天化日，你们为什么打人？”立坤、恺达马上过来把他扶住，也在大声申斥：“为什么打人？”“为什么打人？”周围已经聚集的不少同学和路人也齐声叫嚷起来。

就在这时，人群中出来好几个壮汉，其中一人还穿着军服。一下子把夹持一平的两个人反拧着胳膊给控制住了。穿军服的人说："我们是军管会的，你们竟敢无故殴打学生？都给我抓起来！"结果那几个白相人都被铐着带走了。立坤和恺达急忙询问一平打痛了没有，一平还在为这么快就出现军管会的人而发愣呢。

原来当天上午，团支部已把可疑的情况向区团工委反映了，团工委分析后，推测可能有人要闹事，就与区公安局沟通了一下，因而现场已做好布署，所以才有军管会人员马上出现，制止了他们行凶的一幕。经过侦缉，公安局又挖出并抓获了像赫奎本那样漏网的"D.Y.P."骨干分子。

这件事也深刻地教育了郁慕庭同学，经过教育认识后，他继续上学，有一天，他怀着忏悔的心情找到一平，向他道歉后并告知那次他是被人利用了，一平才知道其中的缘由。

原来，一平顶替郁慕庭指挥唱歌这件事让他邪气挖塞。他觉得丢了脸，无法面对同学；而且越看越觉得一平的指挥"不像样"，手臂的动作不规范，瞎七搭八乱挥动。他认为唱歌指挥那是艺术，要秀气柔和，不能硬邦邦地摆动。因此郁慕庭经常就此在班上同学中挖苦一平，发着牢骚。这件事让高三班赫奎本同学知道了，那天是礼拜四，放学时故意候在校门口，看到郁慕庭走出校门，假装无意中遇见。赫奎本先打招呼："指挥家放学了，近来怎么不见上台？"

郁慕庭在"D.Y.P."组织活动中认识赫奎本，平时还谈得来。见到有人关心指挥这事，气就不打一处来，说："让个小鬼头给顶脱了。这叫什么指挥，两只胳膊像柴棍，硬邦邦，哪有点艺术细胞！”

赫奎本顺着他的意思，挑衅地说：“我看也是，祝一平在瞎摆乎、乱挥动，这能叫唱歌指挥吗？侬看要不要教训教训他，把指挥的角色弄回来，让侬再上台？”

郁慕庭听了吓了一跳，惊疑地问道：“怎么个教训教训？”

赫奎本轻声笑了笑说：“侬不要紧张，不会有侬什么事的。明天我可以邀几个人在学校弄堂口，侬只要给他们指明一下祝一平就行，其他的侬就不要管了。”

郁慕庭不知道赫奎本的葫芦里卖的什么药，犹豫地、直瞪瞪地望着他，眼睛好像X光，想透视出他脑袋里的想法和打算。赫奎本也不等郁慕庭有什么反应，接着斩钉截铁地说：“就这么说定了，明天下午放学后侬快点到学校的弄堂口，我邀的几个人认识侬的，到时候他们会找侬。”赫奎本说完头也不回地走了。留下郁慕庭是走也不是，不走也不是，不知道明天将会发生什么事。

郁慕庭尽管不愿意唱歌指挥被置换，让他的脸面没处搁。但他也是个胆小怕事的人，骂骂讥讥时慷慨激昂，真要闹出点事情来他又感到害怕。摸不准赫奎本的“教训教训”是什么意思，好像有股“杀气”。思考了一个晚上，决定要发出“通知”，但他又不想告诉一平本人，毕竟一平抢了他的指挥，这件事让他很不是滋味。由于他经常看到恺达与一平在一起，所以他才直接去找了恺达。

3

“阳春三月好风光”，三月实在是一个鼓舞人心、朝气蓬勃的季节。气候转暖，万物萌生，叫人浮想联翩。但一平却正为怎么完成好学习的重负而苦恼着，因为如果要把学习搞上去，就意味着要牺牲很多像打弹子、唱歌这类他所喜爱的课外活动。他也曾尝试过做一个乖巧的学生，坐在僵硬的凳子上埋头苦干，但思绪却集中不到课本上。

三月下旬，区团工委派人来校宣布正式成立新民主主义青年团育林中学支部。支部委员五人，其中向淑芬任支部书记、翟恺达任组织委员、祝一平任文体委员。第一次团支部委员会开会，议题是发展团员和学生会改选事宜。建团工作小组经过区团工委批准，为二十名同学办了入团手续，并在团支部成立时宣布了名单。支部成立后，发展新团员由团支部审批，报区团工委备案即可。

团支部成立后的第二天，恺达神秘地告诉一平：“侬晓得勿，向淑芬是组织上派伊来育林中学的，是共产党员嘞。”

一平先是一愣，后恍然大悟似的说：“怪不得她是建团小组成员的召集人，现在是支部书记。”

恺达有点故弄玄虚地摆开了：“就是呀，我早看出这个同学不简单，说话和分析事理都头头是道。”

一平心想，原来共产党员就在身边，想想向淑芬只比自己大一岁，就已经是一名光荣的党员了。突然觉得她十分高大，心中对她充满了敬仰。

向淑芬到育林中学入学已有一个多月，初步熟悉了校内情况。随着学生中政治思想教育、肃清“D.Y.P.”特务组织影响等工作逐步展开，以及新民主主义青年团支部的成立，学生工作开始活跃起来。接下来是学生会改选，当时老一届学生会中“D.Y.P.”骨干分子已被抓，而“D.Y.P.”一般分子仍在观望，其他委员则因组织不健全无法开展工作，学生会处于瘫痪状态，改选工作已是迫在眉睫的事情了。通过协商，原届学生会出了改选布告，明确参选新一届学生会委员报名、竞选、选举日期。团支部研究后确定一平竞选学生会文体委员，一平就报了名参选。下届学生会委员的参选名单张榜以后学校作了部署，允许参选同学在上课期间进入各班教室作竞选演说。

到各班级去竞选，对一平来说还真是件新鲜事，平时只是在时事手册、报章杂志上读到过，说很多外国的总统、议员是要竞选的，没想到一个小小的中学的学生会委员也实行竞选制度。但一平对如何竞选却毫无头绪，好在有向淑芬等帮着给他出谋划策。

大家帮一平分析，首先一个问题就是从哪个班级开始竞选。育林中学高中部一个年级只有一个班，而初中部一个年级有三个班。分析认为，一平还是一个初三生，去高中班级竞选似乎欠妥，只要大部分初中同学投他一票，当选的可能性还是很大。一平同意这种分析，自己也觉得应该先从初一年级开始，在低年级学生面前至少能有自信一些。练一练演说的思路和口才，看看反应如何，以便改进和完善，然后再去初二、初三年级就不容易怯场了。

那天，一平拉了几个同学帮忙，举着标志牌，来到正在上课的初一甲班教室。教课老师看到这个架势，挺客气地把讲台给让了出来，一平硬着头皮站到课室讲台上开始竞选演说。当他进入第二个教室进行竞选演说时自我感觉更好、更沉着自信了。一平去各班级竞选时，不少同学感到惊讶，互相告知“祝一平就是那个指挥唱歌的”，一平知道他在他们中间已经有了些群众基础，演讲起来就更激情澎湃了。可能是重点放在低年级班同学中竞选的设想起了作用，也可能因为在全校大会上经常上台指挥唱歌，在同学中有一定“知名度”。不出所料，一平顺利地被选为学生会委员，担任文体部长。新一届学生会中都是新面孔，充满新气象，在区团工委和学联指导下积极热情地开展着各项活动。

4

四月的校园，绿意浓浓，春风绵绵，四处洋溢着青春的活力。校园内那些草坪渐渐铺满嫩绿，让人感觉到了生命的舒展。那是一天的下午，区团工委工作人员找到一平，给了他一张开会通知单。单上写明“请祝一平参加晚上八点钟会议”，并当面问他能否出席，若不能准时参加就不发了。一平不假思索一口答应，并诧异地签收了通知单。因为参加建团工作以来经常到区里开会，没有太在意它。

晚上八点前，一平到了会场，发现向淑芬也在，打过招呼后他们两人一起进入会场。查票很顶真，而且明确“只进不出”。

这是一个能容纳几百人的礼堂，里面已经有不少人，但学生好像没几个。会议并没有准时开始，却有工友拿着用方木格子盛着蜡纸包的长方形面包，搁到舞台两侧。一平心里直嘀咕，开会怎么还准备有点心……到了九点整，舞台上有人出来主持宣布开会。

原来从那时起，整个上海市开始镇压反革命运动，会场气氛顿时严肃起来。当晚是全市统一行动，抓捕反革命分子，淑芬和一平被分配在静安区。会议主持讲述了目的、宣布了纪律、布置了行动安排。整个礼堂里的人都是各行各业在政治上可靠，并作为今晚抓捕行动中补充力量被邀请来的。主持人宣布分组名单和各组集结地点，明确领队人员（都是各派出所的工作人员），然后按各组集合，分发面包，分头去各自的集结点，淑芬和一平被分在不同的组。

一平被分在陕西西路派出所，随同组人员来到派出所时，领导把大家迎到会议室，立即按计划分配到各行动小组，明确抓捕任务。分到最后，看到一平还是个孩子，所长就问了一句："会骑脚踏车吗？"得到肯定回答后，就随手拿出一个钥匙环："给你脚踏车钥匙，在所里待命。"

大约过了一个多小时，陆续有行动小组返所报告执行情况，把抓到的对象关进了拘留室。一平没啥事就坐坐看看，夜深人静时睡意袭来，就用冷水洗洗脸。但洗了两三次以后，这个办法就不灵了，最后他实在熬不住，就趴在桌子上睡着了。当一平被所长叫醒时，满眼迷糊，他为自己睡着了而感到十分不好意思。一摸脸，还有脸部侧压在胳膊上的压痕呢。

所长交代了任务："先去洗个脸醒一醒，然后骑脚踏车到华山路找第二组组长民警老李，把这封信交给他。老李是个高个子山东人，知道吗？"

"晓得，刚在分配任务时高个子老李特别招人注意。"

当一平推着脚踏车离开派出所时，天有点蒙蒙亮；当他返回派出所时，天已大亮。

听取汇报后，所长亲切地拍了拍一平的肩膀："小鬼，任务完成，可以回去了。"

5

当时上海市按照党的教育方针，号召全市各中学学生要"德、智、体"全面发展。育林中学因为校园太小，开展体育活动条件有限，因而团支部建议，为增强学生体质，开展技巧运动，这个项目刚好不需要太大的场地。采纳了这个建议后，学校购置了单杠、双杠、木马和垫子等运动器材，并组织了一次技巧表演。

那是在一天下午的最后一节课，交通大学体育专业的孔副教授带着他的技巧队一行十余人来到学校，全校师生集合在操场等候。孔副教授身材中等，全身上下肌肉特别发达，讲话声音洪亮，一站立、一走动，威武挺拔，很有男人气质。

表演队出场时队员一律穿着白背心、白长裤，长裤两侧专门缝了一条粗黑线，裤脚前面有一个小圆袢套着鞋带，做运动时直腿、脚前伸，把黑裤缝绷紧了，煞是好看。

技巧表演从跳木马开始。一队人鱼贯而出，一个个从横木马上腾空分腿跃过，但倒数第二个却是助跑跃起后双手按着木马，随即又头枕木马翻了一个筋斗挺腹而下，稳稳地站在垫子上，学生中间有人开始骚动议论。而最后一位表演者助跑起跳后手按木马腾空360度前滚翻后稳稳地落在垫子上，大家都拍手叫好。接着表演侧身跃木马，有的从左侧面跃过，有的从右侧面跃过，表演者在木马上空侧身挺腹并腿，凌空一刹那的姿势很美。然后把木马摆成纵向，木马跳完后表演双杠，双杠后面的项目是单杠，单杠表演的最后一位表演者是孔副教授。

只见他跨出一步举手向大家致意，师生们礼节性地鼓掌欢迎，然后他不慌不忙地走到单杠下，这时他的队员们分两边扶着单杠立杆，另一个队员站在他身后。孔副教授微微点头示意后，在他身后的队员托着他的腰，帮他上了单杠后迅速离开。孔副教授直吊在杠上稍一会儿，即收腹向前蹬腿，身子开始在杠上摆动，越摆越高，在做了几个辅助动作后直奔表演难度很大的360度"大车轮"，一平听到有一个老师在跟另一个老师说："据说能完成这套动作的人屈指可数。"这时明显看到单杠两边立杆有些晃动，扶着立杆的队员们用力地稳住。"大车轮"在加速，转了四五个圈后，孔副教授脱手向前上方在空中直体转了360度后，面向观众用微下蹬姿势、双手高举稳稳地落在垫子上。全体师生一阵惊愕，突然热烈鼓掌，有的竟站起来喝彩叫好。待大家安静下来，宣布表演结束，又是一阵热烈的掌声。

散会后，同学们议论纷纷，真可谓一石激起千层浪。技巧表演让同学们大开眼界，掀起了一股技巧热，纷纷报名参加课余技巧训练队。一平作为学生会文体委员，更是积极带头加入，由于报名人数较多，组建了技巧一队和技巧二队。每周由孔副教授派人来各队训练指导一次，其余时间各队自己组织练习，但规定自行组织练习时需五人以上，以便有个照应。

一平在参加第一次训练后，向前来指导的教练借了条训练时穿的裤子，拿回家后要伏诚照样给自己做一条。伏诚一看裤样觉得并不复杂，就给量了尺寸，心里却在思量用什么布料做。他一边量尺寸，一边跟坐在一旁正在熨衣服的梅英说："用龙头细布做嘛，店里就有货，但布料颜色有点发黄；用白斜纹布做呢，雪白挺括，日后裤子穿出去好看，有样子，不过还得去买布料。"

天下父母为自己的子女做事总是尽心尽力的。第二天伏诚就去买了上好的白斜纹布，落水浸泡、晾干后，下午就裁缝好了。傍晚一平放学回家一试穿技巧裤，尺寸正好、非常合身，高兴得跳了起来，还在伏诚面前夸下海口，一定要锻炼出一个运动冠军回来，在一旁的梅英只是笑了笑。

当一平穿着伏诚为他做的技巧裤参加训练时，惹得周围同学十分羡慕。因为其他人目前还没有，一平是第一个有自己的运动裤的学生，心里感到非常自豪，好像做动作也容易到位，从此更热情地投入训练。通过好几次技巧训练后，一平意外地发现自己"身手不凡"。一般在听了教练讲解动作要领、看了示范后，就能八九不离十地做出这个动作来，身体各部位挺协调的。如侧身过木马，跃起后要求在木马上空挺腹直腿，一只手按着木马，另一只手伸直贴身，一平做这个动作相当到位、漂亮，得到了教练的表扬。还“奉命”给同学做了示范，增强了他的自信心，觉得自己也可以做得好。

尽管一平注意锻炼身体，自认为体质挺好，但是近来总是感到胸部痛，有一种隐隐撕裂的痛感。痛的次数多了只好告诉梅英，梅英在他的胸部摸了摸、捏了捏，搞得他痒痒的，不断地躲闪着。之后，梅英告诉他说这痛一点也不要紧，是在长身体，可能近来锻炼得多了一些，拉伸了肌肉，过几天就好了。接着梅英就去钉纽扣、熨衣服，像钟表上的秒针似的从不闲着，没有再多说一句话。除此之外，一平身体的某些部位会长出毛来，而且越长越多。一平左思右想不知道怎么一回事，想不太明白。他很担心是不是只有他一个人才有这样的“毛病”，有好几次都想问问立坤、恺达他们是否也有同样的情况，但话到嘴边却出不了口，实在羞于问人，更不敢问大人。

时间总是在不知不觉间滑过，总觉得还没干什么呢，就已经过去了好长的一段辰光。一平曾经暗下决心要刻苦读书，可那一切仿佛都是昨天的事情，时间真的是过得太快了，快得让人那样着急，那样不舍！这个学期快要结束了，过几天就是期终考试。那一刻一平才知道，他永远都不可能留住时间。

在期末考试结束后，大家都留在学校等着老师把成绩报告单发下来。无聊之余，一平碰巧与恺达在教室里相遇，见无旁人就打算把内心藏了几天的疑问向他讨个明白。恺达一听，十分好奇地看着一平，摸不清他有什么疑问。一平问："考试前的最后一次团支委会议后，向淑芬特意留下侬来，说有些事要商量，到底是什么事呀？"恺达一听，顿时笑了起来，说他怎么像女人一样疑神疑鬼的。恺达告诉一平，他们除了继续讨论了一下支部成员的情况后，主要是在讨论他。还把那天的细节清清楚楚地给一平复述了一遍。

与淑芬谈到一平时，恺达很爽快地表明自己的看法："祝一平这学期各方面都有很大的进步，就是脾气有些暴躁，一不顺自己的意就容易憋气。"

"他是个急性子，做事情倒蛮认真。这个同志本质还是不错的，以后要在建立革命人生观方面对他进行教育培养。"

"还是支部书记'一针见血'说到点子上了。为什么念书、人生的意义这些问题估计他都没有好好地想过，但是这学期以来调皮捣蛋的小动作少了许多，'又是祝一平'的呼叫也很少听到了。"

淑芬笑了笑道："这些进步有目共睹，下学期要加强人生意义的教育，是个好苗子。"

恺达最后补充说，向淑芬之所以会找他来讨论一平的问题，只是因为他是组织委员，而且平时和一平玩得最好。被他这么一说，一平对他倒有些惭愧起来，后悔不应该怀疑自己最好的同学。不过，他们所说的自己的那些缺点是存在的，一平暗暗感到温暖，原来他们对自己是如此的熟悉和关心。

等到期终考试成绩出来后，一平才发现原来这一个学期他的变化是如此的显著，这个学期没有继续“开红灯”了；没有被告状或发生口角纠缠的事；注意体育锻炼；由于自己是学生干部，注意到要搞好“群众关系”，遇事懂得些谦让，而不是“一触即发”了。

一平沉浸在已取得成绩的喜悦中，他的暑假也悄悄地开始了。

6

放暑假了，当一平扛着行李回到家后，发现家里气氛异常，梅英红肿的眼肯定是哭过了，而伏诚只是一味沉闷地做活。一平想肯定是父亲又欺负母亲了，他生气地把行李往地上一搁，就拉着梅英来到灶偏间，轻声地问道：“阿姆，怎么啦，又吵架了？”

梅英却摇了摇头，还叹了一口气，未开口就又哽咽上了。她悲悲切切地说：“侬大姨过去了，正巧是期终考试，所以没有告诉侬……”一平当时脑袋“嗡”了一下，就发蒙了，一个活人怎么说没有就没有了呢。

一平虽然知道大姨身体一直欠佳，但是总在想办法治病，对她的离世还是感到震惊。想到母亲与大姨的血缘关系，又想到母亲失去了自己最亲的姐姐，一平自己都有些哽咽了。尽管事情已经过去很多天，梅英的眼睛还是红肿的，肯定是一想起就伤心流泪。他不知道该怎么劝慰梅英才好，她老这么伤心，再好的身体也是承受不起的。一平只好直白直地说："阿姆，人死不能复生，侬千万别伤心过度，哭坏了身体我可怎么办？我想大姨肯定希望侬健健康康地过生活。"不知道是这句话说中了梅英的心思，还是他的话更容易让梅英接受。总之听了一平的话后，梅英一边擦干眼泪，一边连连点头称是。

"阿姆，大姨的事后来怎么办了？"一平很想多知道些情况。

梅英忍住了悲伤，深深地吸了一口气，给他细述了整个过程。原来丧事是在"四明公会"办的，还请了和尚念经做法事，做了超度，阿根姑丈把丧事办得还算妥帖。几个孩子特别是月婵格外伤心，入殓时都哭得昏过去了。好在做法事的和尚还懂得些抢救，又掐人中，又灌茶水，月婵才醒过来。

一平疑惑地小声问道："阿姆，掐人中是怎么回事？"

梅英边比划着边告诉他说："人中是穴位，在上嘴唇正中凹处，即鼻子下面，一旦昏厥，掐这里可以把人救醒。"梅英接着感慨地说："跟侬叙说着，觉得自己讲出来后心里就宽松多了，好像心中的闷气一股脑儿得到了散发。没有想到阿拉阿平长大了，也会劝说人了。"梅英说完，感觉心里既好受了许多，又挺满意一平的劝慰。

才过一会儿，梅英的眉头接着又皱了起来，叹气说道："唉！他们家还有烦心事呢。侬大姨过去以后，那个闷葫芦老二更加不吭声了，整天不声不响，呆头呆脑。有一天他说肚子很难受，月婵陪他上医院看病，又抽血、又化验，后来医生把诊断结果告诉他：‘侬是胃里发炎……’老二就问：‘发炎怎么会难受？’医生解释说：‘打个比方，好像皮肤烂了，不像好的皮肤那么光滑，粒粒角角的感到难过……’亚渊一听自己的肚子长了东西，那还了得！没等医生说完开处方，他就突然站起来，精神恍惚地边走边说：‘我肚子里长东西，粒粒角角的……’月婵见状赶紧去追老二。”

“自从那次看病后，亚渊更加自闭，怕见生人、怕光、怕声。经常一个人关在房间里，大白天要拉上窗帘，也不开灯，黑蒙蒙的，坐着或者躺着，嘴里总念叨着那句话‘我肚子里长东西，粒粒角角的……’月婵除了做家务，只好整天地陪着他，不知道跟他解释了多少遍，不是那回事，只要吃点药病就好了，肚子也不会再难受了。凭她怎么说都没有用。唉！这样下去这个老二可就废了。”一平听到这里已经很为亚渊担忧了。

梅英赞赏地接着说：“侬月婵姐说了，亚渊年纪轻轻的，这个病一定要把它治好。若治不好，她也不嫁人，一辈子陪着他。侬看，他们姐弟情义多深呀。但是这样可苦了月婵，为了这个家，她赔上了青春年华，还要陪上一辈子的幸福，真正罪过。”

听到这里，一平也开始为月婵的未来着急起来了，实在想不明白亚渊哥怎么会这样，这是神经受了刺激，还是神经有毛病？他百思不得其解。他还想知道大姨家其他人的情况，就催着母亲：“阿姆，侬再讲呀。”

“他们家老三书读得不错，侬大姨和亚渊的病对他影响很大，他还发了毒誓呢，说一定要考大学学医学，将来当医生。殿渊和封初学习都蛮好，特别是封初爱好画画，自己一个人不吵不闹，一画就是大半天，这个孩子坐得住、静得下心来。伊画的小人像活的一样……”

“阿姆，那叫‘栩栩如生’，意思是人物画得生动活泼。”一平给梅英纠正着说道。

梅英笑了一笑说：“对的，对的，叫什么什么如生。侬看伊画的不同的人好像会从纸面上跳出来似的，和小人书差不多。”梅英看到一平比她会选择用词，心里感到高兴，也跟着学说“栩栩如生”。

一平为了哄梅英把悲伤的事情忘掉，开心地告诉她：“上次来我们家也画给我看了，不仅每个人物样子画出来，还能画出各种姿势形象。看了一幅画，好像猜得出它的情节、想表达的意思。还是阿姆形容得好，像看小人书似的。”

“现在放暑假了，侬找个辰光去看看他们，代我向大姨丈请个安，问月婵姐姐好。”一平高兴地点着头答应。能为母亲分担忧愁和做点事，一平打从心里感到有劲和幸福。

十

1

九年弹指一挥间，转眼一平已成为一名高中生。仍就读育林中学，面对着校园内熟悉的一草一木，一平知道自己已经不是一名可以轻狂、浑浑噩噩度日的初中生了。

从高一开始，伏诚就不让一平寄读了，主要是因为可以给家里省些开销，因为玉琴也上小学了，家里经济就有些紧张；另外也考虑到一平人也大了，来去学校路上家里也比较放心。每天早晨，一平把梅英为他准备好的午饭带着去上学，学校只收点热饭的钱。

高一年级时，一平在新的一届新民主主义青年团和学生会中仍被选为文体委员和文体部长，学生会文体部副部长是跟他同班的女生缪莎兰。

缪莎兰身材修长，梳着两根又长又粗的辫子。鹅蛋脸，细细的眉毛下是两个水汪汪的大眼睛，高挺秀气的鼻梁，嘴唇稍厚，一讲话就喜欢笑，举手投足都有优美的姿势，惹人喜欢。

一平与莎兰认识要追溯到初三那次学校的期终晚会上，当时一平作为晚会组织者之一，要与各个节目表演者联系，因此就认识了缪莎兰。莎兰说要表演新疆舞，这让一平吃了一惊，因为上海离新疆有“十万八千里”远，压根就没有想到学校的同学会跳那遥远地方的舞蹈。一平硬是多看了她几眼，从此，莎兰就开始进入了他的大脑。晚会那天，莎兰梳了一头又细又长的小辫，不仔细看还真认不出来了。她还是个领舞的，身段柔和、舞姿轻盈。特别是眼神，有点维吾尔族姑娘的气质，忽左忽右、灵活可爱，跳得有模有样，不仅获得了同学们的赞赏，也给一平留下了较深的印象。

没有想到在高中的三年里，一平会和莎兰结下一段不一般的友谊。莎兰曾告诉过一平，其实她早知道有他这么一个同学，因为一平经常在大会上指挥唱歌。升上高一，两人在一个班，又都在学生会文体部，经常研究文体活动的开展，就开始慢慢熟悉起来。加上莎兰正在积极申请入团，团支部正好安排一平作为她的介绍人之一，因而两人接触就更多了。

高一开学不久，有一天下午放学回家，一平走出学校的弄堂口时，发现莎兰陪着蹲在路边的史娇嫣同学。一平在初中的时候就听说娇嫣得过重病，行走很不方便；但她很顽强，坚持要读书，以便在人生道路上打造自己的一片天地。那天放学后，娇嫣突然感到肚子不舒服，路过的莎兰看到了想去帮她，一平发现了她俩后，就赶紧过去以便给予帮助。

问清情况后，一平对莎兰说："我来拿书包，侬扶着伊，我们送伊回家吧。"说着拿过了她俩的书包，当看到莎兰一个人扶着仍很吃力的样子时，就到另一边共同搀扶着。好在娇嫣家不远，沿巨鹿路走一条马路的拐角处就是。娇嫣的父亲开了一家古玩店，从门口一进店堂就琳琅满目地摆着大大小小各式瓶、壶、玉、球、盒，等等。娇嫣进门一叫唤，店堂里的人立即注意到他们，其父问清情况后，一边向莎兰和一平表示感谢，一边抱起娇嫣就朝店堂后间走。一平和莎兰在她母亲的道谢声中退出了店堂。

在返回的路上，一平疑惑地问：“娇嫣长得眉清目秀，怎么会是罗圈腿，走路一拐一拐的？”

“她小时候有一次伤风发高烧，烧到40度有多。医生好不容易把她的病治好了，却落得一身残疾，说是小儿麻痹症。” 莎兰已经与她同班三年了，知道一些情况。

一平听后颇有感触，他想起了自己10岁时那场差点夺走他生命的伤寒。在那个年代，发起高烧来是多么的可怕。一平告诉莎兰自己在10岁时得伤寒也是发高烧，和他前后得病的妹妹死了，自己硬是活了过来。莎兰听后愣着站住了，用怀疑的目光把一平从上到下、从左到右全扫了一遍。

“侬以前生过这么大的病？现在却这么强壮，一点都看不出来。” 莎兰惊讶地说。

一平故作生气地发威：“难道侬也要我落点什么标记、残疾不成？”

“对不起！对不起！我不是那个意思。我还以为生了重病都会有后遗症什么的。” 莎兰赶紧解除误会并做着挥手道歉的动作。

一平看她紧张的样子就乐了，笑道：“搭侬讲白相的，听说一个人得了伤寒病后终生免疫。”

“噢，原来是这样。”

一平珍惜着当前的健康，感叹道：“看来一个人从小长大到现在，能做个健康人不容易呀！”

“对的，对的，是要非常珍惜自己的健康。” 莎兰赞同地点点头说。这时已走到常熟路口，该分手了，两人道了声再见，莎兰折向华山路，一平走向有轨电车站，各自回家了。

2

第二次世界大战结束几年后，在太平洋的西侧并不太平，又爆发了朝鲜战争。刚打赢“二战”的美国是个不可一世的主儿，岂能容他人随意改变已形成的格局和态势！美帝国主义精心策划的仁川登陆告成，朝鲜战场形势迅速逆转。但赤脚的不怕穿鞋的，中国人民志愿军硬是顶了他一顶。这一正义之举在全国掀起了轰轰烈烈的“抗美援朝，保家卫国”运动。

上海人民也同仇敌忾，支持、声援、游行、捐钱捐物、积极参军，整个上海市都热情高涨地行动起来了。育林中学举行了全校师生动员大会，教师、团支部、学生会代表纷纷表态响应号召。上海是帝国主义列强统治过上百年的城市，美帝国主义是列强中的老大，人们思想上存有“亲美、崇美、恐美”的想法，因而组织各项宣传活动，批判“亲美、崇美、恐美”的思想。认清帝国主义侵略本性，认清美帝国主义是“纸老虎”是势在必行的，要不谁敢与美国打仗。当时号召青年参加军事干部学校和政治干部学校，简称“参干”。

为了加深对中国人民解放军的认识和了解，学校和团支部组织了一次到解放军驻地的访问和联欢，参加的是高中部同学和老师们。学校租了几部公共汽车载着师生向北部宝山县大场镇出发，行驶了两个多小时才到达部队驻地。

解放军同志很热情，在营区大门外列队欢迎。这让同学们很激动，因为从来都是自己在操场上或校门口列队欢迎其他人，此刻能走在被欢迎的夹道上被尊重、受迎接是别有一番新鲜。在情感上与解放军拉近了一步，大家都兴致勃勃地拍着手，笑着走进了营区。

到了操场上，按一部分同学一部分解放军同志间隔着列队站好，又是一平指挥唱歌。大家情绪很高，最后还唱了个四部轮唱，歌声嘹亮激昂，唱到最后一句结束时，他做了一个干脆有力的收束动作，歌声停止，肃静瞬间，接着爆发了笑声和掌声，一平鞠个躬回到了队列中。学校领导和部队首长相继讲话。这是一支光荣的队伍，在抗日战争、解放战争中曾经立下了功勋，同学们心中燃起敬意。

会后参观部队营地，当同学们怀着兴奋又好奇的心情到达部队的宿舍时，响起了一片惊叹和赞扬声。宿舍内整齐划一、干干净净，一排大通铺上被子叠得方方正正、有棱有角，摆放成线，非常悦目。通铺对面的枪架上放着步枪，黝黑锃亮；洗漱脸盆、缸子也摆放成线，连牙刷都“向右看齐”。

午饭时按学生十人一组与部队一个班一起进餐。每个班派人去炊事房领出两大盆菜，一盆红烧肉、一盆青菜，同学们对用铝脸盆盛菜甚感新奇，到班里再分给每人一碟，饭在饭桶里自己盛。等每个人都有菜和饭时，值班员下口令“开饭”，大家才开始吃，吃饭时还不能讲话。一平觉得自己那碟菜里肉很多，又盛了一次饭才把菜和肉吃完。大家都觉得饭菜好吃，比学校里的不知好上多少倍。收拾餐具后，稍事休息，下午各班组开座谈会。说是座谈会，实际上主要由解放军同志介绍部队情况和个人参军、战斗的历史。

给一平印象比较深的是童排长，他的传奇经历令一平久久难忘。童排长是山东的庄稼汉，他在家时实在忍受不了国民党反动派的苛捐杂税以及欺压百姓的做法。当发觉反动派军队要抓一批壮丁然后撤离时，他约了几个好伙伴冒着生命危险跑过交战前线，找到解放军，参加了革命队伍。到了作战部队，他努力学习军事技术、勇敢顽强，在徐州战场上俘虏了敌团长，荣立二等功。后又加入共产党，被提升为排长，解放上海后，担任驻守任务。在部队开展的学文化“扫盲”活动中，他努力学习，被评为积极分子。

同学们做梦都没有想到能与英雄面对面坐着，还靠得那么近。年轻的心在加剧跳动，激动得很。不少同学当即拿出小本子请童排长题词、留名，气氛热烈。一平听了童排长的事迹后陷入了沉思之中，他当兵时比一平现在大不了几岁，却那么有主见地带领着同伴参加革命，作战勇敢、事事带头。和他的光辉历史一对比，一平立即觉得自己矮了半截。想想现在自己对未来想干什么都不明确，学习上不够踏实认真，稍有进步就沾沾自喜，越想就越觉得惭愧……

访问和联欢结束后已是下午，当大家集合准备离开时，解放军同志已集合在营区门口分两边整整齐齐地站好了，正列队欢送同学们呢。大家依依不舍，激动地挥着手。一平领着喊口号："向解放军学习！""向解放军致敬！"学生的队列走出大门，穿过解放军组成的欢送夹道，登上公共汽车，收获颇丰地驶回市区。

在回程的车上，立坤充满激情地感叹："今天能与解放军近距离接触真有劲，他们也多是年轻人，与我们没啥区别。"

"看他们的内务整齐划一，当兵的还那么仔细。" 莎兰也赞赏不已。

秉义追忆地问一平："侬知道开始在大会上讲话的是部队什么首长？他讲得真是透彻明了。"

"那是部队政委，我记得很清楚，他说：'解放军战士大多是穷苦出身，为了翻身闹革命，不怕牺牲，奋勇杀敌，这是一支新型的军队、老百姓的军队。'讲得多好，解放军与国民党军队完全是两回事。" 一平告诉他。

"对！对！是政委讲的。看来'好男不当兵'的说法不适用于解放军。"一平轻声哼起了《解放军进行曲》，其他同学也和着唱了起来。与解放军的访问联欢更激励了同学们"参干"的热情和决心。

同全市大中学校一样，育林中学的同学们纷纷报名"参干"，也要投入保卫祖国、解放人民的事业中去。童排长的事迹更是激励着一平满腔热情地投身其中，报名"参干"。但是，令一平万万没有想到的是，当伏诚和梅英得知他要去参军，却坚决反对！伏诚说旧社会“好铁不打钉，好男不当兵”，国民党兵横行霸道欺压百姓的恶行，他们在脑海中还记得清清楚楚呢。梅英说她一辈子生了十二个孩子，只剩一平这么一个男小囡了，万一当兵打仗有个三长两短，他们将来要靠谁来养老送终。从此一平陷入了矛盾的两难境地，做梦也不踏实了，梦里一旁是高大威严的童排长激励一平要做男子汉就要坚持自己的理想，一旁是满脸愁苦的父母在歇斯底里地哀叹一平的自私和不孝。望着两旁完全不同的面孔，一平犹豫不决，两种力量在梦里进行拔河比赛，红绳总在起点的左右摇摆，两边势均力敌。最后他们没有一个肯退一步，一平却完全徘徊不前了。半夜三更在激烈拔河的梦里被折磨得太累就惊醒了，醒后才发现自己已经满头大汗了。后来，慢慢地，一平渐渐明白世间好东西很多，但“鱼和熊掌不可兼得”，两者必须选一样的话，一平就决心舍去家庭的温馨而选择心仪的“参干”。

听到一平要报名参军的消息，亲戚们也相继来伏诚家探问是不是真的有这么回事，见面后与一平谈着谈着就转到“参干”的事了。尤其是两位堂姐，更是苦口婆心地劝说，阿毛阿姐诚恳地对一平谈心：“响应国家号召，无可非议，年轻人积极参军保家卫国那是对的。但是侬家情况特殊，侬是独子，妹妹还小，家里需要人照顾。特别是三叔和阿婶极力反对，阿姐怕他们情绪失控，做出一些意外的事情来。所以侬就缓一缓，多读几年书，将来会有机会的。”昭娣姐更表明她完全不知道一平脑袋里是哪根筋搭错了，说道："上海是福地，看外地人都争着抢着到上海来，侬竟然还嚷嚷着要出去参什么'干'。去当兵有啥好？读好书将来在上海找个工作，讨个女人，成家立业，还可以照顾父母，多好。"

但亲戚朋友的劝说并没有打消一平"参干"的决心，为此，伏诚和梅英竟然几次三番到学校诉说家庭情况，甚至哭着要求将一平除名，不让一平"参干"。伏诚认为，儿子还小，等他高中毕业，要参军，家里决不阻拦。学校领导充分考虑到这种实情，为避免事态扩散后影响不好，就答应悄悄把一平的名字给除了。

当年十一月下旬，通过自己报名、学校推荐、军校录取，育林中学高中部共有十名同学"参干"。到了出发那天，获准"参干"的同学都带着大红花，学校组织师生敲锣打鼓欢送他们到集合地点。一平因不在被录取的名单中，闹着情绪没加入欢送的行列。想到父母为自己报名"参干"来学校哭闹，真是无地自容！当时就是想不明白，长这么大了，为什么自己的事情不能自己做主。为此还在家里闹了一场，最后伏诚再次慎重承诺，只要高中毕业就可以参军，这场风波才算平息。

3

淑芬来育林中学担任学校团支部书记，短时间内就把学生工作搞得有声有色。在"参干"和肃清"亲美、崇美、恐美"的思想教育运动中收到了实际效果。涌现了不少入团积极分子，团支部在十二月批准了五个同学入团，其中包括缪莎兰。立坤与一平同班好几年了，他们上课一起学，下课一起玩。当他看到一平入团以后不仅功课赶了上来，开会发言讲得有条有理，还能指挥唱歌，而且在同学中也建立了威信，已不是两年前的“又是祝一平”了，真是要刮目相看。于是立坤也开始积极申请入团，不久就解决了团籍问题。团支部不断地把优秀学生吸收到组织中来，不断壮大团员队伍。

团支部委员经常在下午放学后开支委会。由于淑芬与一平回家可以共走一段路，因而散会后他们两个经常一起走。原来淑芬父亲是一家针织品厂的老板，在一平眼里，淑芬过的简直就像是天堂般的生活了。淑芬常在开会较晚时，出学校弄堂口就叫一部三轮车，一平搭便车坐到八仙桥下车，离家就不远了。起先一平总是忸怩地坐上，能在放学后坐车回家，对他来说是奢侈得不可想象的事。有时淑芬还会买两个肉包子什么的，顺手给一平一个。如果时间尚早，他们就一起走路回家，一路上讲讲笑笑，很是起劲。一平心里反复琢磨，淑芬只比自己大一岁而且是女孩子，但在新中国成立前已是共产党员了，已经懂得那么多革命道理，说话头头是道，办事一套一套。但淑芬家又邪气有钞票，这两种事情出现在一个人身上，真让他百思不得其解。在多次接触比较熟悉以后，一平终于忍不住要将这问题掰开揉碎地搞个清楚。

那是一个天气晴朗的周末，团支部开了一个短会后，他们两个人兴致勃勃地从学校弄堂口的常熟路转向霞飞路，一直向东走着回家，一平趁机向淑芬提出了心中的疑惑。

淑芬沉思一会儿，回头看了看一平，就动情地讲起了她自己的经历。原来她初中入读中西女中，在学校是个学习上不感到困难的女生，课余唱歌、跳舞、演戏样样都有兴趣，还是爱打抱不平的活跃分子。初二时有一天中午，她在学校附近被两个小流氓纠缠住了，先是要钱，后来开始动手动脚，这下她就急了，于是就大喊了起来。正巧马路对面一名过路的青年听到了她的喊声，三步并作两步赶了过来，一推两拽就把两个坏蛋给掀翻在地。小流氓一看青年来势凶猛，转身拔腿就跑。当时她简直被吓坏了，听到"小妹妹，侬没事吧？"才回过神来，看着长得高高大大的青年，她再三道谢。一问一答才得知那青年姓唐名理勇，是去中西女中找高二年级的殷云秋同学。

一平边走边聚精会神地听着那带着传奇色彩的经历，在穿过成都路口时，一不注意差点让人行道的路缘石绊了一跤。

淑芬眼疾手快扶了他一下："侬当心噢！"

"不要紧、不要紧的，侬接着讲。" 一平在淑芬的搀扶下不好意思讪笑着搭腔。

淑芬继续讲道："原来理勇和云秋是地下共产党员，经过培养就发展了我，由于我年纪小，当时只是预备党员，待满十八岁考察后转正。"

"那你们做些什么？有危险吗？"

淑芬停下脚步，又看了看一平，对他刨根掘底的劲儿不免笑了一下。一平眨着好奇的眼睛望着她，但她迟迟没有说话。她心想若不回答会不会浇灭一个青年殷切希望了解党的愿望；而一平却在猜想是不是碍于纪律，党内一些事情不能跟局外人讲得太多。稍后，她轻轻地舒了一口气，带着回忆的口气，还是告诉了一平她的一些遭遇。

那时党还处在地下秘密状态，只要有事，组织上就会派专人跟她联系，作出指示安排。她还告诉一平，在当时的环境为党工作，危险是免不了的，有一次在学期结束的晚会上，她与另一个同学表演了解放区的剧目《小放牛》，那个同学个子比她高，反串成男角。演出效果不错，但是第二天就查开了，为什么演这个节目、有什么背景、为什么是这两个人来演等问得十分详细。由于党的掩护，没查到她什么，调查人员还去过她家，看到她父亲原来是开厂的老板，家境富裕，临走时告诫她说："以后要安分些，规规矩矩地读书。"结果，她还可以继续上学，而和她一起演出的那个同学却被学校开除了。

淑芬随后反问一平一句："侬脑子里经常想些什么？"

一平想了一想，天真地向她罗列开了："想发明喷水船、不明白街上行人哪有那么多话讲、想练点武艺对付流氓、想离家出走避开父亲的暴烈脾气……"

她听后对他又是摇头又是点头，一平就不明白她是赞许还是叹息。淑芬告诫他说："现在社会上这么乱，离开家生活没着落，很容易轧坏道。侬想没有想过，做人是为了什么？"一平被这个问题问懵了。他倒真的从来没有想过做人到底是为了什么，整天不是上学就是玩，顺便做些小家务活，一天天就过去了。

看到一平认真思索的样子，淑芬对他娓娓启发："一个人的出身、家庭是无法选择的；但是怎么做人、做什么样的人是自己可以选择的。古今中外，英雄与奸雄，普通人中的好人与坏人，正直的人与虚伪的人，除了社会环境的影响熏陶、潜移默化外，主要是自己自觉或不自觉地选择如何做人、选择做一个什么样的人而造成的。推荐侬看一部小说《钢铁是怎样炼成的》。"

听到此书一平立即兴奋起来："我最近听说过这部小说，但尚未借到。"

"我有，后天上学给侬捎来。"

说着说着不知不觉已过了八仙桥，到了西藏路口，淑芬发觉后说："侬看，阿拉只顾讲闲话，已经走过头了。不过侬在这里转弯也不算远。"

一平一直都专心致志地听淑芬讲话，霞飞路商店和大厦林立，这么热闹、繁华的大街，竟然没有收入眼帘，可惜了十里洋场的景色。听淑芬说走过头了，他抬头一看，憨笑道："怎么这么快就到了呢？"一平似乎还没有"尽兴"，尚有许多话要说、要问，但到了分岔路口，他也无可奈何，两人只好互道再见，就各自回家了。

当一平拿到《钢铁是怎样炼成的》以后，就饶有兴趣地读了起来。读着读着，就被书中主人公保尔感动了。特别是一个朦胧少年必须明确一个问题，人的一生究竟应当怎样度过？书中主人公保尔的回答深深地印入了他的脑海："人最宝贵的东西是生命。生命属于我们只有一次。一个人的生命是应当这样度过的：当他回首往事的时候，他不因虚度年华而悔恨，也不因碌碌无为而羞耻——这样，在临死的时候，他就能够说：我整个的生命和全部精力，都已献给世界上最壮丽的事业——为人类的解放而斗争。”这一脍炙人口的语句，极大地震撼着一平的心，他反复朗读直至能一字不差地背诵。书中主人公保尔为什么能够在全身瘫痪、双目失明的情况下，不知疲倦地为革命做着各项平凡的工作，仍然坚持写作？那是多么困难呀！保尔、“无脚飞将军”密烈西耶夫的英雄事迹以及身边向淑芬的形象深深地植入了一平的心中，生根发芽。相比之下，自己是一个身体健康的年轻人，有上学的机会，仅有如何学好这么一个困难，应该直接面对才是。英文课因为原先没打好基础，现在起打“退堂鼓”的念头是轻而易举的事。但是要强迫自己做不愿意做的事，这样就很不容易。一平反复思考清楚了，决心踏踏实实地、持之以恒地一个一个单词去记，一页一页书去看，一道一道题去解。

进入高中后，一平逐渐明确了学习目的，团支部要求团干部在“德、智、体”全面发展方面起带头作用。高一开始班上有女生，他潜意识中认为自己是男生，要表现得好一些，不能让女生看不起。保尔的事迹更是鼓励着一平开始用功念书，专心听课。

这一认真听课后发现好多内容能记得，而且有些课还挺有意思。化学课让同学们动手做出一块肥皂来；物理课告诉同学们有关电、雷等知识；历史课有点像听故事；地理课介绍各地风土人情；语文课还时不时搞全校分高中部、初中部的作文比赛。有一次作文比赛，一平没有名次，但语文老师在课上讲评说：“祝一平从郊游回来的路上，用‘一路绿灯’的描述来作文章结尾，既写了景又表了情，挺好！”这句评语让他高兴了好几天。新开的立体几何课一平从一开讲就注意听课，在期中考试时，全班三个100分的学生中有他一个。这在班上引起了巨大的“轰动”，因为另两名得100分的同学学习成绩一贯是挺好的。成绩公布那天，下午放学后，几个同学聚在一起讲闲话，大家在教室外的走廊上围成了一个讨论圈。交谈中得知女生中最高分是缪莎兰78分，第二名是董小洁70分。

秉义说：“这次题目不难，只要思路清楚就能答对，只可惜自己看错了题目。”他还追问一平：“侬怎么就考了满分了呢？”

其实一平自己也不明白，就说：“可能是瞎猫碰到了死老鼠，关键是立体概念，头脑中建立起了立体图像，一不小心就得了个满分。”对于一平幽默调皮的说法，大家听后都哈哈大笑起来。

莎兰回忆道：“考试时总想不明白那个立体形状，结果错一大题。”

立坤调皮地、故弄玄虚地摆起了龙门阵：“有位先哲说过，‘女人的想象力是二维的、平面的；男人的想象力是三维的、立体的’。这次成绩充分证明了……”

他兴致勃勃地还没有说完，就被小洁立刻大声抢白了：“侬胡诌一气！这次只是一个小小的失误，什么女人男人的。侬讲，侬讲是哪位‘先哲’？”小洁用斗士自卫般的眼神紧逼着立坤。

立坤做着鬼脸，诡异地说道：“我收回！我收回！有什么不当之处，敬请尊贵的‘女士们’多多谅解。”又引得大家哈哈大笑。

这个对一平来说稀罕的、难得的满分陡然之间增强了他的自信心。进入高一以后，一平在学习上的进步老师们都是有目共睹的，他不用再担心哪门课“开红灯”了。在同学中间也树立了威信，不少同学有什么事还会问问一平，听听他的意见；同学间有什么纠纷也偶尔会找他来调解。用梅英的话说就是“阿拉阿平魂灵跨进嘞，真正是懂事了”。读高一的一平好像换了一个人似的，没有想到能够进入到好学生的行列。

十一

1

炎热的夏一天天退去，秋的脚步匆匆，雨后的天空已嗖嗖起风，那是秋天捎来的信，一平感受到了凉爽，炎夏终于有了一丝松动，毕竟酷暑已过。越吹越凉快的风让一平心中产生许多感慨，一个季节的过去就是那一个暑假的段落，也是向一个暑假的告别。秋风一吹，一平就已经上高中二年级了。

开学以后，淑芬显得特别忙碌，要向新调来的政治课老师甘允本介绍情况；梯次配好团支部干部，使支部工作能够连贯地延续下去；因为是毕业班，还得抓紧学习。新学期开课后，一平才知道恺达没有来注册上学，打听后得知他因家境困难休学了。在新的一届团支部支委会，一平担任组织委员；在学生会中仍被选为委员，继续任文体部长。

团支部在开学后召开了第一次支委会，专门研究了同学们思想教育的事，会上列举了一些同学的思想和对人生的认识，一平听了后不能理解，这些人怎么会有那么多异乎寻常、稀奇古怪的想法?

经过支委会讨论后形成决议，淑芬最后明确："思想认识还得从思想上来解决，根据大家的讨论，决定在高二班团小组组织一次扩大的思想座谈会，来个自己教育自己。"座谈会安排在周六下午自修课进行，由于会前作了广泛宣传和准备，开会时差不多有超过半个班的同学与会，很是热闹。

会议由团小组长黄秉义主持："同志们，同学们，今天是高二班扩大的团小组座谈会，甘老师和支部书记向淑芬也来参加了我们的会议，大家欢迎。"掌声热烈地响起，"近来我们了解到一些同学思想上的认识和看法，如'学好数理化，走遍天下都不怕'，'不能流芳百世，也要遗臭万年'，还有想访仙、炼丹，以求长生不老等。在座各位也都老大不小的了（笑声），该认真思考一下自己的人生，把想法理一理。座谈会嘛，可不拘形式，不一定长篇大论，自由发表，畅所欲言"。会场渐渐骚动起来，人人都有点跃跃欲试。

韩立坤打了头炮："关于求仙、鬼神，这肯定不科学，我不相信。有这样一个事例，一个住在豆腐店楼上的少年，一天早上豆腐店煮豆浆的大锅滚开后揭开锅盖，大量热气直冒上二楼窗前。该少年睡得迷迷糊糊，睁眼一看，雾气腾腾，由于鬼神小说看得太多、终日想入非非，误认为是仙人来接他，他大喊一声'我来也'，就跳出窗外，摔成重伤不治身亡。如果炼丹能长生不老，那么多少朝代下来，人起码活了几百上千岁了，这不成了'老妖怪'了！"同学们被他的幽默逗得哈哈大笑。

后排一个戴黑框眼镜的男同学站起来，老学究似的深沉地给同学们讲起了历史："据史书记载，从秦始皇统一国家后到处寻找长生不老药起，历史上频繁发生这种'伟大壮举'的事情，但是没有成功的先例。我看那个摔死的少年，肯定是寿头加昏头！"会场再次爆发出笑声。

“但是学好数理化，掌握了科学知识可以行走天下，这有什么问题吗？”韩立坤说得很中肯，所提的问题大家也有同感。

祝一平看到大家都那么踊跃地发言，早就按捺不住那颗蠢蠢欲动的心了，若有所思地站立起来：“我说不好，举个例吧，刚结束的第二次世界大战，德国不少科技人员、党卫军的医生拿战俘、犹太人做病毒和细菌甚至药性试验，害死了多少人。这样运用科学知识哪还有点人道主义！因此，学了知识、掌握了知识，还有个为谁来用这些知识、为谁服务的问题。”

缪莎兰朝一平点头表示赞同：“是的，是的。一平说得有道理，我看过一篇文章讲，诺贝尔在人生的后期，曾后悔他发明的黄色炸药成为战争贩子屠杀人民的手段。这里是有个科学知识为谁服务、由谁来用的问题。”座谈会气氛活跃起来，有不少同学交头接耳。

田松华举手发言：“我认为学好数理化知识，使自己将来能够立足于社会，有口饭吃，这是无可非议的。如果要去做坏事，有知识的人做坏事的后果更可怕。我们学了历史，知道我国历史上有好多英雄如岳飞，但也出了像秦桧那样的坏蛋，他们为什么要害人呢？”问题更深入，会场上静了片刻。

为了打破这中断的片刻，使讨论不至于走向呆板、冷场，一平接着又发言：“我可以这么说，这是个人主义在作祟，有的人受‘人不为己，天诛地灭’的影响太深，实质上是没有是非和对错的观念。只要能够出人头地，就去干出个惊天动地的事情，至于后果好坏他就不管了。”似乎有些道理，大家都朝他点了点头，一平阐述的、分析的是否准确，是否切中要害尚待讨论。

坐在教室左侧一个留着短发的女同学边举手边站起来犀利地说：“汪精卫在国民党内斗不过蒋介石，坐不上头把交椅，结果去投降日本当了个伪总理，虽出人头地了，却是个大汉奸，被钉在历史的耻辱柱上。”她刚说完，会场气氛更加活跃。有人发出惊叹声，因为这位同学平时比较文静、不太爱说话。

“我同意在座各位的分析，没有是非标准是非常危险的，特别是年轻人容易激动，一旦处于不顺心时，那就什么事情都干得出来。” 丁玉卿也不甘示弱地阐明自己的看法和观点。

董小洁想起了平时与同学们谈论过的言论，她也扯起了那个带点浑厚的嗓子发言：“一个青年建立是非观念是非常重要的，那可以使自己知道哪些事不能做，哪些事可以做、应该做，这样才能走上正道，才能当岳飞，不会当秦桧……”她的话尚未说完，在座的人都笑起来了，笑声很大，把她后面的话给淹没了。

黄秉义赶紧起身出来维持会议秩序，待大家安静下来后，还请小洁继续发言。

已坐下的董小洁大声喊了一句：“没有了。”会场上又响起一阵笑声。

看着时间差不多了，黄秉义最后请向淑芬发言。

淑芬会心地笑着说：“很高兴参加这次开得很热烈、发言很踊跃的座谈会，我也受到了教育，这说明同学们相当投入，我建议有机会以后应多多举行类似这样的活动。我想说的是，人是有思想、有社会属性的高等动物，不仅仅是为了生存、繁衍种族而活着。人类社会中存在这么一组矛盾：个人与集体、自由主义与社会主义，要学会正确处理这类矛盾。希望在座的同学能有一个有意义、有利于劳苦大众的人生。”同学们都被她富有激情的精悍的讲话感染了，掌声热烈地响起来。

最后，黄秉义请甘老师为座谈会作总结。

甘老师挪动一下身子，一字一句认真地说道：“这样的座谈会很好，说明高二班同学是积极地对待人生的。我只说一句话，最高贵的人生是：给世间大多数人创造最多幸福、最大欢乐，制造最小苦难、最少麻烦的人生。同学们，也包括我在内，应该懂得并身体力行。”与会的同学报以热烈的掌声。

在黄秉义同学宣布散会后，同学们的思绪还沉浸在刚才的氛围里，稍静片刻再次响起了热烈的掌声，然后熙熙攘攘、说说笑笑地离开了教室。

2

开学不久后，有一天中午，正值秋高气爽，碧空万里。一平刚吃完饭，在洗涮自己的饭盒时，竟看到恺达来学校了，两人见面后都非常高兴。一平与恺达晃动着胳膊，对于他休学总是感到遗憾，恺达也没有过多解释，只是一味地鼓励一平好好学习，争取思想进步。

下午快上课前，中午回家吃饭的同学陆续来校。一平在出去上厕所的路上却发现恺达与同班女生小洁在校园的一个角落处说着什么，似乎靠得特别近，远远望去好像挺熟络似的。等一平从厕所回来时，他们还站在那里，继续在谈话，似乎讲得很开心。一平的好奇心立刻膨胀了起来，于是他躲在一侧，观察他俩到底是怎么回事，眼看都快到上课时间了，恺达才依依不舍地离开。

董小洁个子虽然不高，但五官端正，性格开朗，长得小巧，显得挺可爱的，而且整天嘻嘻哈哈，爱大声笑。她那女中音的嗓子，说起话来浑厚深沉，不见其人只闻其声时还以为是个男生。由于她有这么一副嗓子，平时又大大咧咧，所以同学们都叫她“男高音”。小洁和一平一样从初一开始就一直在育林中学读书，只是她学习成绩很稳定而一平经常“开红灯”罢了。记得当时学校新民主主义青年团成立后，她十分积极地争取入团。团支部也很巧地安排了恺达作为她的入团介绍人，恺达与小洁见面后就彼此会心地笑了，两人原本就认识，从此以后彼此接触就比较多了。

那是个周日的下午，一平惦记着恺达，刚好在家无事，怀着满脑子的疑惑来到恺达的家门口。自从与恺达相识后这些年月，他们俩已成了知心朋友，可推心置腹地无所不谈，刚巧恺达在家门口捣鼓着一只破旧的闹钟。一平这位“不速之客”的到来令他又惊又喜，他赶紧向屋里喊了一声，叫妹妹端张凳子出来。一平问他哪来的这么一只破旧的小闹钟，他说是在单位废弃堆捡的，拿回来修修家里能用得着，表的外观虽然破旧了点，还有些锈斑，但若能修好，那就和其他新表一样照样能准确地显示北京时间。

在和恺达的谈话中，一平能明显感觉到他显得比以前更成熟了，似乎已经脱去了不少学生的气息。一平想他参加工作才几个月，怎么变化就这么大呢？无论从语气还是神情都像极了一个大人，一平感觉在他面前，自己就像一个小弟弟在一个大哥哥的面前一样，显得不像是同学，有点不太协调。但恺达好像没有一平这样的感觉，说话时照样用手对着一平时不时拍拍肩、搭搭背，这样一来，一平慢慢地就又找回了以前他俩在一起时的那种放松的感觉了。他们谈天说地，聊老师聊同学，最后一平实在憋不住，有些别扭地问了问心中的疑惑。恺达一听，先脸红了一下，随后扭头朝屋里看看，悄悄地跟一平说不能在自家门口说，建议换个地方一起好好聊聊，他也正想详细地告诉一平呢，只是没有机会罢了。

恺达把一平带到了他家附近一块废弃的平地上，随便搬来两块砖头当凳子就坐下来了。恺达说他不是刻意瞒着一平，而是怕一平知道后会往坏处想。

原来，恺达与小洁在一次意外事件中早已相识……

常熟路是有轨电车终点站。那天小洁放学回家，见一辆电车行驶在单轨上，电车司机已走到另一头驾驶室准备调头，同学们三三两两地从车头前过马路。说时迟，那时快，正当电车开动，突然有一个年轻人骑着辆脚踏车从电车右侧轮道向左侧前方冲来，谁知刚到车头前电车正好启动，就撞了一下脚踏车尾部。年轻人反应灵敏，被撞后他牢牢握住车头，因而没有摔倒，只是加速向左侧冲来，在左侧正好有不少想过马路的同学。小洁也在过马路的人群中，发现冲来的脚踏车正对着前面一个男同学后背，而那个男同学却浑然不知，眼看没法躲闪，小洁就迅速跨前一步，双手把那个男生向后一拉。但因用力过猛，双双摔倒在地，避过了脚踏车；而向前冲的脚踏车往前走了一段才停住。当时人们都惊叫起来，电车紧急刹车，司机下车帮忙扶起跌倒的同学，骑脚踏车的青年也很快转身走过来，只知嚷嚷："对不起！对不起！"路人纷纷加以指责。好在人没有受伤，只是小洁倒地时左手撑破点皮。算不上什么交通事故，年轻人在众人的批评声中，再三道歉后推着脚踏车走了，电车司机和围观者也陆续散去。被拉的男生再三感谢，却不知如何对待小洁左手擦破的伤口。那名男生就是初三丙班的翟恺达。接下来的日子里，他们双方也就淡忘了这件事。

通过支部的培养和介绍人恺达的帮助，小洁思想进步很快，并与同班同学莎兰同批宣誓入了团。相互接触中，小洁被恺达那种能清清楚楚地阐述道理、有条不紊地分析事物、恰到好处地处理同学关系等方面的成熟老练折服了，逐渐对恺达产生了钦佩和好感；恺达也对小洁的开朗活泼、敢说敢笑很是喜欢。两人谈得很投机、很愉快。年轻人的心呀，擦出了火花，平时总想多接触对方，与对方多交流，更多地了解对方。总想为对方做些什么，做了又感到特别高兴。这就是恺达和小洁的心态，尽管他俩之间的关系当时尚处于朦胧状态。

一平从来也没有想到他们是在一场小事故中认识的，这令他感到有些不可思议。恺达讲完他和小洁的事后，脸上有些淡淡的幸福的红晕，一平心想应该只有正在谈恋爱的人才会有这样的红晕吧。

后来恺达干脆也把他家里的情况跟一平一兜儿说了。他说只有对一平毫无保留才能对得起相互间的深厚友谊。

3

恺达的父亲翟阿福，原先是在浦东金桥镇东南曹家沟旁以种田为生的农民。由于从小体质较弱，田租又贵得难以维持生活，就辞别了妻子张细妹，只身来浦西市区打工。泥水工、通阴沟、摆地摊、挑挑抬抬等，他什么活都做过，人挺聪明，做事还算到位，可是体质弱、出活少，所以每份工作都干不长就被辞退了。后来找到一个扫马路的活，活不算重，但要起早贪黑，算是稳定了一点，就把妻子与四个小孩接来市区，挤在窝棚里住着。生活的重担和日夜操劳，使体弱的阿福得了痨病，那种肺结核是一种吃得做不得的富贵病，没一年他就丢下孤儿寡母撒手人寰。一家人的生活全落在细妹身上，靠着帮人洗衣服、当佣人，挣扎在社会底层。

恺达是老大，原名阿大。读了几年书后，觉得这个名字难听俗气，就自己改名为恺达。恺达从小聪明伶俐，很会读书，细妹看在心里，只要有可能就供他上学。尽管家境拮据，但他断断续续地还能读到小学毕业，没两年还考人教学质量较好的育林中学，成了初三插班生。家境艰难培育了他早熟、早当家的秉性，从小当过报童、擦过皮鞋，帮母亲替人家洗衣服、送衣服。这样的生活促使他对社会上贫富两重天以及社会不平等种种现象产生强烈的不满。而且他早就听说过共产党是为穷人闹翻身、闹革命之类的传言，心中孕育着社会要平等和人人有饭吃的理想。从小就体恤母亲辛劳的他，读完高一后说啥也不上学，要找工作为母亲分忧。

说来也巧，八月初在报上看到电力公司招聘职工的广告，他就去报名应试，结果还真被录取了。恺达在几天后一个下午特地去找小洁，把这个消息告诉她。那天天气闷热，两人沿着淮海西路边走边说。好在人行道边的法国梧桐树挺大，把太阳光遮个严实。盛夏的树荫下凉风习习，少男少女迎着清风散步，很是惬意。小洁讲了暑假中看了小说，还去了复兴公园白相，并问恺达暑假是怎么过的。犹豫了好一会，恺达告诉小洁因家境拮据，准备参加工作。

小洁听了很是吃惊："怎么不上学了呢？我叫爸爸帮侬付学费，中午就上我家去吃饭。"在小洁心目中，恺达学习好，思想进步，不读书实在可惜。看到小洁如此真挚纯洁，恺达心怀感激，在他心目中，小洁的形象变得更美好了。

恺达突然停下来，红着脸激动地对着小洁："多谢！多谢！有侬这份心意我就非常高兴、非常满足了。但是我不能这样做，我不能平白无故随意花你们家的钱。而且我家里还有弟弟妹妹，我不能让妈妈太操劳了。如果妈妈累坏了，有个三长两短，那我们就会成为孤儿，这太可怕了！"

小洁被恺达的担忧吓坏了，如果伯母有个闪失，那他们家不就塌了天……她不敢再想下去，恨自己竟想不出什么好办法来，只好无可奈何地叹息：“那侬就不读书了，多可惜！”

恺达知道小洁出于真心地在关怀他，用一种充满自信的口吻说：“我利用业余时间自学。不懂的地方来请教侬，到时候侬可要‘拉兄弟一把’噢。”

小洁被恺达的风趣逗乐了：“什么请教，我可不敢当，到时候侬来问好了。”两个人越谈越融洽，越讲越开心。

哪知后来有一天，小洁的母亲于绮丽找到小洁，非常严肃地说：“从今以后，侬不许与那个姓翟的来往！”

这一突如其来的告诫，引起了正处于逆反期的小洁极大的反感：“姆妈，这是为什么呀？”

绮丽开始还耐心地劝解，后来越说越激动：“小洁，妈妈了解过姓翟的，伊姆妈是做娘姨的，家里穷，而且长得黑黑瘦瘦的，没卖相。”

小洁一听就气了，侬不仅调查恺达的家庭，而且还盯梢，偷偷地来监视他们。心里直埋怨她妈是“势利眼”，对着绮丽大声吼：“妈！侬怎么可以这样做呢？”

绮丽也火了：“怎么做！怎么做！我这不是为了侬好。不许就是不许！”可怜天下父母心，绮丽的发火和训诫，并没有断绝女儿与恺达的联系，反而使他们两人的关系转入了“地下”。转入“地下”后，在这种“偷偷摸摸”的气氛中，更增加了彼此想见面的渴望和相见时的激情和愉悦。

恺达说其实他已经去过学校很多次了，那次刚好被一平看到。因为自从小洁母亲反对后，他们认为最危险的地方就是最安全的地方，她母亲肯定不会想到他们会把约会的地点设在老地方，所以就决定在校园里偷偷地见面。他还不止一次看见一平，只是没有和他打招呼罢了。

一平故意说恺达太不够哥儿们了，看到了也不打招呼，还直骂他是重色轻友的家伙。恺达一听乐了，笑着说为了补偿，他愿意让一平一起来分享他的快乐，还狡猾地说快乐无价，够对得起好朋友了吧。但他的另一份快乐的源泉要从开始工作说起。

4

那是一个晴朗的早晨，已是初秋，但太阳露面后还是晒得人热辣辣的。恺达那天正式去供电局上班，一路上既兴奋又担忧。自己终于有了工作，可以替母亲分担生活的压力，想到这点他心里就觉得十分舒坦；但自己这一去会遇到什么样的人，好不好相处，会给他分配什么工作，自己能不能胜任，这一系列问题在他的脑海里不断浮现。

按通知的地址，恺达第一个到了报到地点，看到靠着人行道的铁栏栅围墙，中间铁栅大门旁立着一个不大的传达室，靠传达室一侧的铁栅大门上还开有一个供人员出入的小门。围墙内有一个挺深的园子，看得出有大卡车出入的车辙。园子末端有一幢四层楼的红砖独立楼房，正面约有十余个开间，中间是大门，门上有一个雨篷，不是很大，若遇下雨其下约可躲七八个人。

恺达径直走到门卫处，说明来意，门卫查看了他手上的报到通知后，告诉他进园子在办公楼大门旁稍等一下，到上班时间会有人来接待的。之后陆续来了十来个年轻人，有男有女，男多女少。临近上班时间来了个约30岁的男子，一一查看这群年轻人的通知书后，领他们到一楼的一个长长的大房间。说是会议室吧，一端墙壁上有一块很大的黑板；说是教室吧，但房间中间又摆个长溜的桌子，长桌两旁各有两排椅子，一排靠长桌、一排靠墙，两排椅子间留有过人的通道。

突然整幢楼里响彻电铃声，让这群年轻人一惊，转而明白了这是上班铃。没过一会儿，领这群年轻人来会议室的男子引一位科长前来并向大家作了介绍，然后科长开始讲话："各位年轻人，早上好，我姓边，就是旁边的边（笑声），是器材科科长。这里是供电局物资保障部，负责各种供电设备、器材的采购、保管与供应。事关上海市供电能否正常，直接关系到本市工农业生产、居民生活保障的大事，所以这个部门是非常必需和重要的（年轻人骚动）。今天我们欢迎在座的年轻人加入我们的行列，你们要参加三个月的培训，考试合格后将分配到各部门，成为我们职工队伍中的新鲜血液、新生力量（会场活跃）。具体培训计划、作息时间和补贴待遇由陈副科长宣布。希望大家认真参加培训，日后都能成为我部的正式职工、优秀职工。"这个讲话简明扼要且带有鼓励性，大家听后热烈鼓掌。

第一个月领到补贴后，恺达先把钱放在小挎包里，觉得不放心，又拿出来放在裤口袋里，用以前的学习资料折成方形塞在上面，搞得右侧裤口袋鼓囊突出。也不敢在街上逗留，匆匆忙忙直往家走。到家后，进门就兴奋地大声叫喊：“姆妈！我有钱了。”然后颇费周折地把钱从口袋里掏出来，全数交给了细妹。

细妹看在眼里，喜在心上，眼中含着泪花激动地摸着恺达的后脑勺说：“好呀！好呀！阿拉阿大挣钞票了。但是不能全部给姆妈，参加工作了总会有应酬和零花，侬留一半在身上。”

“不用，不用。上下班我走路不要车钱，中午单位供应一顿午餐，那比家里吃的好多了，我真想打饭回来在家里大家一起吃，当然这不可能，所以我没有需要花钱的地方。”推让几次，细妹一定要恺达留一半的一半在身上。恺达知道家境艰难，九月份上海还会出现被称为“秋老虎”的炎热天气，他都舍不得在街上吃一根棒冰，下个月把结余的钞票又如数交给了细妹。

培训班中数恺达学历最高，是高中一年级，其他大部分是小学毕业，少许初中毕业。由于恺达很珍惜这份工作，想到将来要靠培训的知识做好工作，不懂就问，加上人聪明好学，因而深得授课老师和其他学员们的喜爱。三个月培训结束，通过考试，恺达的学习成绩名列第一。边科长一直很关心这批年轻人的培训情况，发现像翟恺达这样的优秀人才，非常高兴，将其作为苗子继续培养。恺达被分配在器材科当实习员工。

当一平听完恺达的叙述之后，觉得他还是原来那个争强好胜的恺达，一个成熟得像大哥哥一样的恺达。一平很感动，恺达如此信任他，而自己前一段时间在心里还对他有些隔阂和生分，一平责备自己的心胸是如此的狭窄。

太阳斜向西边，阳光不再猛烈而变得柔和。一平看看天色，提出该回家了，恺达坚持要送一平，边走边讲直到电车站，看着一平上车后，车上车下还在挥手告别。

5

强身健体是育林中学领导、团支部和学生会都非常重视的一件事，但是却囿于场地狭小，很难开展各项体育活动。一平和莎兰是学生会文体部负责人，除配合学校继续搞好技巧锻炼，组织一些如篮球、乒乓球的比赛外，再没有办法让更多同学参与。他们俩经常为这事发愁、磋商。

那天他们在新教学楼楼梯间的“办公室”拟订篮球比赛日程后，一平就开始向莎兰倒苦水了，他抱怨他们学校只有一个球场，每天放学后只能安排一场比赛，而且也只是各班篮球队员能活动，大多数同学只能当观众。

“就是，乒乓球台也只有两张，有一张台面板还有不少破损，随便打打还马马虎虎，能用于比赛的也只有一张台子，怎么做到群众性呀。”莎兰也开始互动着抱怨了。

一平告诉莎兰，他近来常想如何让更多的同学参加体育锻炼，增强体质，并把能开展的活动向她排列了一下。篮球、乒乓球已组织比赛；技巧已有两个队经常在练；广播体操也只在早晨或课间做做，运动量不够大；踢毽子、跳绳不需要大场地，但活动形式单调些；跑步，特别是长跑，可锻炼体力、耐力，增加肺活量，是个全身运动。一平把自己的想法说出来，还建议应该结合学校的情况开展长跑项目，问莎兰这个主意怎么样。

没想到莎兰却一口否定了他的建议，说："这个项目倒是可以，但长跑场地呢，就围着篮球场转？那不是'螺蛳壳里做道场'吗？另外，单单跑步也是挺乏味的。"

一平告诉她，虽然学校场地就那么大，而且沿着篮球场转圈多了头要发晕。但是跑步这个项目是全身锻炼，特别适合年轻人。所以不能局限在校园里，也可以把场地放在马路上；另外，学校门口的弄堂倒挺宽，而且行人也不多，弄堂也可以成为跑步的场所，只要有心，场所无处不在，无处不有。

莎兰被这么一提醒，顿时打开了思路："是呀，我怎么就没有想到呢。那就好办了，早上来上学或者放学回家时我们都可以跑一跑。但是会否太单调乏味了，大部分同学能坚持吗？"

一平一听，觉得还是女孩子考虑问题比较细心，想了一想说："有了，我们把两个城市之间的距离化解成每天每人跑多少米，由小组记录备案，要求各个组在学期结束前完成。"

议论有了眉目，莎兰高兴地赞道："好！好！这样就有了说法，有了意义。从上海跑到哪里呢？"

一平和莎兰会意地一起挥手击掌喊出"北京！"说完后两人都笑起来了。到底是男孩子勇敢一点，一平先伸出手，两人紧紧地握手表示庆贺。

有了这样的构思，又经过学生会和团支部研究，最后确定开展"上海——北京长跑活动"。一平去查过上海到北京约1 200公里，平均下来每人每天2 000米。每天跑的数字由小组长记录，看哪个组先从“上海”跑到“北京”。“上海——北京长跑活动”向全校公布以后，同学们反响热烈，觉得新鲜、有意义，纷纷自行组织长跑小组，还真的把群众性的体育锻炼推动起来了。团区工委也觉得这个办法有推广价值，还介绍到其他学校。后来《解放日报》在短讯中还对此作过简短报道。

6

进入高中，学习气氛一年浓于一年，高二就比高一更紧张，大部分同学也更投入。有的同学为了应付考试，死记硬背；但大部分同学能做到学以致用，联系实际；俏皮的同学就用那三个字的排列顺序“死读书、读死书、读书死”来表达死读书的坏处。为活跃学习气氛，高二班级团小组经讨论研究，发起了取名“周末沙龙”的课外学习活动。

“周末沙龙”一般每周一题，问题简单的也可选取两题。议论过像卫生间洗脸盆下排水管为何不是直的下去，而是做成向上弯180度、再向下弯180度，要这么一个弯头干什么？为什么耳朵凑近空热水瓶口时，能听到“嗡嗡”声？蜻蜓为什么要点水等饶有兴趣的话题。

“周末沙龙”可以自己报名提出或由班学习委员丁玉卿组织，这种做法接近科学、接近生活；同时也培育了同学们独立思考、发现问题、收集资料，自行解决问题的能力。在“周末沙龙”中的讨论和阐述，既训练了同学们组织资料的能力，又培养了发言口才。因此得到了同学们的欢迎和支持，把班级的学习气氛、钻研精神充分调动起来了。后来，学校中低年级班级也推广开展开来，效果都不错。

高二班上有一个同学叫赵煊，对英文有特殊爱好。平时高声朗读英文课文，一遍又一遍地达到几乎能背的程度。有时用假嗓子模仿女声来朗读，尤其遇到对话的课文，一会儿男声，一会儿女声，就像两个老外在对话，抑扬顿挫地有点儿“情调”。不知道英国人相见时是否这样对话，实在有趣。这时候同学们会静静听完并鼓掌，但却没有一个同学敢站出来大声附和着一起高声朗读。

最绝的是赵煊还随身带有“一寸半”，那是一种可以捏在手心中的英文小字典。一平见他每天都拿出那本“一寸半”在手中反复“玩弄”，赵煊说不是在玩，而是在背单词，他决心要把字典背出来。大家都很钦佩他背字典的坚强毅力，但没有发现其他同学也这么做，尽管大家也随身带有“一寸半”。当然，一平也没有这么做。

高二结束前赵煊转学了，听说他们全家去了香港，在同学中，这可是一件稀罕事。一平不知道后来赵煊的发展如何，但他背英文字典的事迹给一平留下了很深的印象。

进入高中以后，一平每天放学都在教室里把作业和复习题做完再回家，因为家里没有学习条件。他这么大了不可能再在家门口马路边做作业，那会把整个宽度的人行道占得差不多的。一平从高中开始后，渐渐养成喜欢把自己的努力暗暗地藏在成果的背后，他希望自己在周围同学和邻居眼中是一个会玩会学的男孩，而不是一个只会死读书的书呆子，希望笑脸背后付出的辛劳只有他自己一个人知道。

从高一开始后，由于学习成绩有进步，一平在同学中稍有威信；当时同学中自发组织学习互助小组时，同班同学郁志鹏就拉了两个同学拥着一平要成立互助小组。一直到高二，每周有两三天放学后，一平他们小组便留在教室后角落复习功课。转眼到了期终考试，这个小组的活动时间更长、更频繁。历史和地理基本上是一平复习后再把课文内容给志鹏他们讲一遍，对于一平来说，讲一遍也加深了自己的理解和记忆，何乐而不为呢？志鹏他们三人靠着一平的耐心讲解，结果考试还都及格了。当然，数理化只能讲些概念、做些例题。小组成员在一起互动中，学得十分有效、愉快。

那一次，是在考代数前夕，志鹏告诉学习小组的几个人说，他家买了“疲倦丸”，据人介绍，只要吃一粒后人不会犯困。他盛情邀请三个同学晚上都去他家，吃了“疲倦丸”就可以复习它一个通宵。对于吃了“疲倦丸”可以不睡觉，大家都颇感新鲜。放学后他们四个人一起去学校弄堂对面面店吃了一碗阳春面，外加一个罗宋面包，背着书包说说笑笑跟着志鹏朝徐家汇方向走去。

志鹏家比较大，他自己就有一间不小的房间。四个人在里边看书、讲公式、做题目，氛围十分和谐融洽，一平还从来没有遇到过这么好的学习环境。晚上十一点多钟时，四个人每人吃了一粒“疲倦丸”，继续复习、做不同类型的题目，大家都觉得很有精神，确实没有睡意。

第二天按时到学校上课、参加考试，志鹏还在那些没有吃到“疲倦丸”的同学中吹嘘了一番。考试开始，前半节课还马马虎虎，但到了后半节课就感到脑子笨笨木木，思路好像停顿了，慢慢地竟然来了睡意。一平惊恐万状，这不坏事了！他硬是强打精神，用左手在自己的大腿上又掐又捏，坚持考完，真是考得最辛苦的一门课。交了卷，他们几个吃过可怕的“疲倦丸”的同学就趴在课桌上呼呼大睡起来。后来同学们知道了这件事，见着他们就喊“疲倦丸”！志鹏他们四人羞愧难当，却又躲闪无门。

期终考试成绩出来了，志鹏他们三人的代数课差点要补考，而一平的代数课成绩也考得比平时差，为此，老师还专门找他谈过话。

十二

1

1952年暑假，天天艳阳高照，格外燥热。伏诚家更是闷热难当，幸亏还有一台华通电气厂出品的老风扇，几乎是整天开着。到底是太旧了，尽管转得还挺好，风也不小，头也能摆动，就是那噪音太大、太怪。“嘎子、嘎子——咕，嘎子、嘎子——咕”，实在烦人。

伏诚和梅英只能待在小店堂里，或裁剪、缝纫，或钉纽扣、熨烫衣服。梅英已经把后门、灶偏间后窗都打开了，应该说已形成穿堂风的环境条件，但是空气好像静止了；即使靠着那台老风扇怪叫着吹着风，但吹来的也是“热风”。“热风”吹干了身上的汗，有点凉意。但是身上还在不断出汗，这么汗了干、干了又汗，时间久了，汗迹留在皮肤上，人身上觉得黏糊糊的、发痒，挺难受的。因而，伏诚时不时到灶偏间打开水龙头洗个脸、抹把身；梅英更是艰苦，因为她比较胖，出汗也多，所以去灶偏间洗脸抹身的次数，足足是伏诚的两到三倍。

一平为难了，家里又热、又暗，加上风扇怪里怪气的噪音，使人没法静下心来。于是他就走出家门到四马路书店去看书，更多时候是去图书馆看书。

每天早上吃过点心，一平用小袋子装支笔和笔记本就出了家门。走到三马路向西，经过西藏路口的沐恩堂，向北到大马路再转西，沿着大马路的西段一直走，临黄坡路口就是上海图书馆了。图书馆由原上海市跑马厅一幢主要楼房的一部分改造而成，当时，卖彩票、看台、办公、马厩等好像都在这幢主楼里。

一平进入图书馆，凭借书证借出两三本书，好在他来得早，阅览室内还没有几个读者，就找一个靠窗的比较亮堂的位置坐下。阅览室很大，层高比家里高出两倍多；用很长的涂上白漆的铁杆提着吊扇，柔和地扇着，既无声，又凉风习习，因而看书、摘录资料的环境相当舒适。一平真为离家不远就有这么好的图书馆、阅览室感到欣慰、兴奋不已，因而这个暑假他基本上天天都去。

阅览室内一侧墙的上部挂着一个大电钟，每到十一点半一平就“收摊”，还书回家。因为来阅读的次数较多、作息时间又那么有规律，不知不觉便和图书馆管理员混熟了，在他还书时管理员会轻声微笑着说：“回去吃午饭嘞？”

“是呀，该回家了，谢谢侬噢。”一平举了举左手，微微点头，也极其轻声地答话。

走出图书馆大楼，外面骄阳如火，一股热浪迎面扑来。一平不知是挺适应这种炎热天气，还是要挑战这种天气，出了楼一手拿着小包，开始跑步。他就是利用中午跑步回家作为体育锻炼项目，把学校里“上海——北京”的长跑计划延伸了。所谓“热练三伏”，他穿着短袖衬衫和西装短裤，这一身穿着跑步还挺合适的。

沿着大马路西段朝东，在原跑马厅篱笆墙外侧的人行道比较宽、行人也比较少，一平就跑得快些；当转入西藏路、再跨过西藏路进入三马路，街上行人很多、比较热闹，他就躲闪着路人，放慢了跑步的速度。一个大小伙子、在大热天的闹市马路上跑步，引起了人们的好奇和注目。好在城市大了，稀奇古怪的事就多，大家也不以为然，只是看看，当然也会有人指指点点，仅此而已。

一平跑到家时，一身大汗淋淋、满面通红。梅英看着他健康的身材、青春的神态、朝气蓬勃的样子，心里实在是喜欢得不得了，双手摸着他的身板、臂膀高兴地说："噢哟，碰都碰不得，一身臭汗，累了吧？快去汰浴吃饭。"

一平哼着曲进灶偏间洗澡。先盛了一脸盆水洗头，冲去肥皂沫后再盛水把头面洗净；后站进刚能放下三尺直径的木盆里，洗上、下身。还用盆接水，冲下来的脏水流入大木盆内；洗净擦干站出盆外，将大盆内脏水倒入水池。灶偏间没有地漏，就用拖把抹净溅出的水。

洗完澡后，一身凉爽，男孩子才不管那么多咧，一平打着赤膊，穿条内衬裤就出来吃午饭了。

2

暑假过完了，新的学期开始，一平升入高中三年级。第一天上课同学们相聚，三五扎堆地叙谈着各自的假期生活和奇闻趣事。即便谈笑间似乎很是轻松，但从每个人的脸上仍能看出，大家对高中这最后一年的学习充满了信心和期待！

开学不久，有一天午饭后休息时，淑芬来通知一平放学后去开新一届团支部第一次支委会。一平见到淑芬非常高兴，闲聊中得知，根据党的安排，淑芬没有去考大学，而是进了政治培训班，学后拟在中学任政治老师，继续做学生工作。这两天是请假来育林中学处理遗留工作的。

学校中的学生年年要升级、年年有毕业，所以团支部学生会要不断地发现和培养新生力量。这一点淑芬早就有考虑和安排，新一届团支委五名委员经过选举后是：高三班一名，祝一平；高二班两名，吴玉莹、杨聚宽；高一班两名，王惠宏、朱颜文。那天下午放学后，新一届团支委会召开会议，上一届团支部书记和政治课老师甘允本以党支部名义参加了会议。会议照样还是由淑芬主持，她用幽默、乐观的语言，组织她参加的育林中学最后一次支部会议："现在开会，新一届团支部选出在座的五名委员，组成新的支部委员会，好在大家都熟悉，就不一一介绍了。今天会议有两个议题：一是支委分工；二是研究当前支部工作。我只主持第一个议题，关于新一届支委会的分工，我建议支部书记王惠宏、副书记祝一平、组织委员吴玉莹、宣传委员杨聚宽、文体委员朱颜文。通俗一点说，就是让王惠宏同学'闯一闯'，让祝一平同学'压压阵、把把关'。"

淑芬说话总是那么风趣，说到这里，会议气氛就活跃了起来，有笑的、有议论的、有拍手的，纷纷表态支持淑芬的建议。

"如果大家对新支委会分工没有异议，请鼓掌通过。"在淑芬提议下，大家热烈鼓掌。

淑芬提高了嗓门："现在请新一届支部书记主持会议！"

"侬就这样不管我们了，"一平冒了一句，淑芬一愣，听出他是在插科打诨，挥着右手用手指了指他，一平却做着鬼脸，气氛又活跃了起来。

学生会改选后，缪莎兰仍为委员，分工文体部长；文体部副部长为朱颜文——一个文体方面比较活跃的人，特别是能指挥唱歌。

说起朱颜文，一平与他还有过一段过节呢。那次是颜文第一次上台指挥，开始音定高了，唱到高音部分唱不上去就停下；重新定音却低了，歌声在喉咙里又唱不下去。当时那个狼狈相，引起了下面同学的不满，不知谁喊了一声："祝一平来指挥！"随即不少同学就附和起来了："祝一平来指挥！"主持人最后还是找到一平上台继续指挥。

会后，一平觉得自己的形象在同学们心中还是那么地牢固，但也为颜文感到遗憾，下台后严厉地说："真笨！我跟侬讲过，上台前先要在心中定好音，一会儿高、一会儿低怎么唱啊！"

颜文本来就觉得自己很丢面子，解释说，其实上台前就定好了音的，但上台一紧张就控制不准了。听到一平竟然说他笨，很是生气，赌气地对他说："算了，我笨，天下就你祝一平聪明，得意了吧，我不指挥了。"说完后，他掉头就走了。

这件事引起淑芬的重视，先是找一平个别谈话，后又专门开团支委会，在会上，淑芬严肃地批评了一平："这件事是侬不对，怎么一出口就说人家笨，这既是看不起人，也是在骂人；颜文是个新手，应该多帮助、多宽容；另外侬要从思想上找根子，是否骄傲了、自以为是。今天会上不要侬承认，但要好好想想，想明白了来找我。"一平口头上是承认下来了，但大家从他犟头倔脑的肢体反应中看得出，他心中还是不服的。淑芬微微摇着头注视了一平很久。

其实淑芬指出一平的骄傲自满真是“一针见血”，让一平心底起了波澜，大吃了一惊。后来他一个人在操场上转圈开始自我反省起来。细想过后，他认识到自己是有点看不起颜文，潜意识中存在只有自己才行的想法。想清楚后，一平觉得是自己错了。不到一个星期他就去找淑芬，承认了错误并向颜文道歉。以后一平在台下一起协助颜文定音，颜文也渐渐熟练起来，最后确实能指挥自如了，一平成功地把指挥的接力棒交给了他。

3

在学生会开会的时候，一平就经常听到有人称呼高一的王惠宏为“一只鼎”，后来跟向淑芬一打听，才对他有一个比较全面的了解，一平不得不承认他的优秀品德和才华。当然，关于“一只鼎”的称号，这是与他有一个富足安康的生活条件和良好的家庭教育分不开的。

王惠宏的家可以说是书香门第，其父亲王炅赓是外科医生，母亲罗绮雯是妇产科医生，都在华山医院工作，都是颇有名气的大夫。家住在巨鹿路，他们就近了解到育林中学教学质量还不错，因此让惠宏小学毕业就报名考入育林中学。

惠宏从小就受到良好的家庭教育，他聪明、有礼貌、爱学习、好奇心强。小学毕业时成绩是数一数二的，这些优良品德与其父母从小对他的培养是分不开的。王炅赓和罗绮雯都是知识分子，平时晚饭后散散步或稍事休息，就各人一张书桌开始看书或写论文什么的。说来也怪，惠宏也都会学着父母的模样安安静静地读书、看画，从不吵闹，就这样从小培养了他阅读的习惯和能力。有时他们还会和惠宏一起读书、讲画，解释一些他看不懂或不易理解的问题，启发式地进行讨论，让他发言，说出他自己的看法，讲得对的就鼓励，讲得不对的就用他能懂、能理解的话予以纠正。有时他理解不了，或“扭”在那里，他们也不急于训斥，等到适当时机再讲解那些问题，让他不仅口服，而且心服。因而惠宏历来表现得十分理智，易与人沟通，从不将自己的想法强加于人。

惠宏快要小学毕业时，有一天晚上，绮雯正在看一篇论文。一抬头发现儿子在抄录着什么，她关切地过去看看，惠宏急忙用双手遮住本子，羞涩地望着母亲。

绮雯爱抚地摸着儿子的后脑勺说：“儿子大了，对妈妈都保密。”其实惠宏是在摘录一些课外好的、有哲理的警句，怕大人说他没有学习正课，所以遮遮掩掩。听母亲说话语气柔和，惠宏就把本子递给她。

绮雯翻了一翻，带着欣赏的口气说：“多好呀！我儿子研究起人生哲理来了，真是个好孩子。”说着把惠宏搂抱在怀里。母亲的赞同和亲昵的动作让惠宏可高兴了，当即拿出另一个摘录本递给母亲。

绮雯启发地讲道：“抄在本子上时间一长会淡忘，是否写个小条幅张贴在床头、壁前，不断更新，激励自己。”

惠宏兴奋地点着头，依偎在母亲的怀里。

没两天，绮雯看到惠宏的床头张贴着《荷马史诗》中的“莫辜负你一片聪明美质，你须抖擞精神，留个芳名在青史”，壁前是约翰生的“最贫的是无才，最贱的是无志”。绮雯和炅赓看在眼里，喜在心上。

有一次母子俩闲聊，惠宏疑惑地问道：“妈妈，你们怎么不贴条幅？”

“我正准备把你爸爸喜欢的一段话抄摘出来，可是这几天太忙没时间。”

惠宏自告奋勇：“那我来把它抄出来。”话一出口又想起了什么似的，低着头嘟哝：“不过我的字写得不好。”

绮雯鼓励他说：“你能代抄那敢情好，字能写清楚就行了。”接着把稿子递给了他。

一天后，一张条幅贴在绮雯书桌前壁上，字迹尚算工整。条幅上书：

你不能左右天气，但你可以改变心情；
你难以改变容貌，但你容易展现笑脸；
你不能控制别人，但你可以掌握自己；
你不能预知明天，但你可以用好今天；
你不能样样胜利，但你可以事事尽力；
你不可能一生无悔，但可以让人生少点悔。

惠宏初一上学期期终考试成绩是班上第一名，还被同学们选为班长。初二上学期他就申请加入了中国新民主主义青年团，入团后政治思想上进步更快，更热心班级工作。同学间发生纠纷或个人有事来找他，经他分析，都能合情合理地得到调解，纠纷双方对他的处理结果也都能舒心地接受，因此在学生中威信赫高。

淑芬在深入了解这些情况后，觉得他是个好苗子，有意识地对其重点进行帮助和培养。惠宏初三时经推荐选上了团支委，任宣传委员。淑芬告诉一平，惠宏还曾向她表示过要争取加入中国共产党的意愿，这件事在同学中议论纷纷。有人觉得他好高骛远，一个普通中学生对党既没什么贡献，又没做出什么业绩，就想入党；也有人觉得作为一个学生，好好读书就行了，搞什么入团、入党这些政治活动；但也有人觉得惠宏有志向，要求进步，争取入党，能更好地为大家服务，是值得学习的好榜样。

就这件事，淑芬有意识地在闲谈中问了问一平对此的看法，一平听了心里一惊。他很直接地告诉淑芬，认为一个人还没有为党的事业作出贡献、没有建立革命的人生观和世界观、没有改正自身的缺点和毛病，这样加入共产党是会亵渎党员的光荣称号的。他最后还反问她，不是说“共产党员是特殊材料造就的”吗?

淑芬听后，对一平又是微微地摇了摇头。她也很直爽地告诉一平，这种观点是十分片面的。她还说她其实早就想帮助一平纠正这种偏见，要让他知道党要吸收社会上的先进分子，而一个革命者在争取入党过程中或入党后不断接受教育改造，才能使自己成为一个优秀的共产党员。但她再三考虑，由于一平有点犟脾气，已形成了一种不是很容易扭转的观点，所以把想帮助一平入党的事放一放再说。

淑芬最后还启发和鼓励一平，诚恳地笑着对他说：“不过侬这个观点也有对的地方，一个革命者是要考虑为党多作贡献。但惠宏同学想入党也是应该支持的。侬以后要多上些党课，增加党的知识。”

一平笑了笑表示接受。

4

一平和莎兰从进入高中一年级后就在同一个班级，加上都是学生会文体部的，接触机会就多了许多。他们都到了热情奔放的年龄，日子久了就从生分到熟悉、从羞涩到大方、从拘束到随意，甚至可以开开玩笑、小打小闹。他们彼此积极地、快乐地一起学习，一起在学生会工作，平静之中又不平静。

虽说高三学习很紧张，但班上同学只要一有机会还是会去放松一下。有一次有个好电影，有人提议去看，因为集体去看可以打折。登记下来，大部分同学都想看，凑足了钱一致推举一平去买票，说好提前十分钟在影院门口分票，一平早早去买好票在影院门口等候。届时同学们熙熙攘攘在影院门口吵着要分票，他快手快脚分完了票，说说笑笑便进入放映大厅，人手一票对号入座，待找到座位，莎兰发现邻座竟是一平。他们俩同时“咦”了一声，从她的表情猜得出她心里一定是想这么乱哄哄地分票，怎么会与一平相邻而坐呢。

一平轧出苗头，对双眼充满惊讶的莎兰轻声地笑着调侃：“哈哈，缘分，这叫缘分！”

一平话里有话的回答并没有解除莎兰心中的疑惑，但在大庭广众之下又不好发脾气，也无法刨根掘底，她伸出长得很长而且圆鼓鼓的右手指着一平轻声说：“好呀，侬……”当时一平发自内心微笑着，时不时地看看莎兰微倾着脸，瞪着惊疑的大眼眨巴眨巴，那个姿势可美了，暗自为他自己的发票绝招高兴。

灯光渐暗，银幕上打出幻灯片广告，正片立即就要开演了，一平能感觉到莎兰不自觉地向他这边靠了靠。影片开映，一平明显感觉到莎兰靠着自己的左臂膀，就一动不动地“承受”着这种“待遇”。直到后来左臂酸麻，也还是坚持着，生怕一动惊了莎兰，更害怕这样的状态消失。电影散场，各自回家，同学们一路上评论着影片的情节和表演。

第二天放学后，莎兰和一平最后离开教室，见周围无人，莎兰又提到昨天看电影分座位的事，一平起先还想卖关子，在莎兰故作发急后，他就如实地告诉她，当时同学们拥挤着急于拿票，一平就依次一张一张地发。在给她票后，他也不知道怎么搞的，可能是急中生智，突然把手中的票反过来再发，动作很快大家也不在意。等发到最后剩一张就是一平自己的，所以两个人挨着坐了。

莎兰被一平如此诚实的神情和竹筒倒豆子式的回答所感动，故作生气地嗔他真是个机灵鬼。看到一平两眼直直地站在她的面前盯着她看，她最后就只说“侬呀！侬呀……”同时快速伸出右手指了指他。

一平以为她想打他，立即捏住了她的手臂。这是一平第一次捏女孩子的手臂，觉得特别柔软，好像没有骨头似的，感到意外和有趣。他当时看着莎兰富有青春朝气而且长得甜甜的脸，望着她那对天生的双眼皮眼睛，深深觉得两只很黑很亮的眼珠可爱动人。

那边莎兰叫了起来："哎呀，侬把我弄痛了！老看着我干嘛？"

一平这才意识到用力有点大，赶紧松开。一边用手在她手臂上摩挲，一边连声道歉："对不起！对不起！怎么侬手臂好像没长骨头似的。"说着又轻捏了几下，他接着说："只有我们两个人在这里，我不看侬看谁呀？"

莎兰不吱声了，觉得被一平这样挲一挲以后不仅不痛，反而很舒服。看着他细心柔和地挲着、捏着自己的胳膊，感到不好意思。红着脸说："什么呀……"挣扎出胳膊，含情脉脉地对一平轻声细语："我们回去吧。"

5

高三，那是一段为理想而拼搏的激情在年轻胸膛中燃烧的时期，它的感觉既是振奋的——为在奋笔疾书中得到知识的愉悦而振奋；它的感觉也是沉闷的——为在巨大压力下茫然若失的无奈而沉闷。

学习是非常紧张的，同学们既要学习新课，又要合理安排时间系统地复习已学课程，大家发现自己不知从何时起变成了一只不停歇的马达，前进！再前进！学校的团组织也配合做高三学生的思想工作，要求团员端正学习态度，不仅自己要学好，还要带动全班同学学好。发现有懈怠、急躁情绪的同学，团小组及时与其进行思想交流，引导其踏踏实实、认认真真地学习和复习，因而班上学习风气很好。

经过高三一年的学习，一平觉得自己一下长大了很多，知道了人不仅要为自己的人生负责，也要为那些关心着自己、爱着自己的人负责；知道了要掌握知识一切都得靠努力，靠奋斗，靠自己！

当然，也有让同学们分心的事情，如报考什么大学或学院、学什么专业，这些平时用来闲谈的话题，如今却要真正面对了。一平也和大家一样反复思考过，但结果还是糊里糊涂，哪里有机会去了解各个大学、各种专业的情况。当时学校曾组织一个就读交通大学三年级的校友与大家座谈，一平得知那位校友读到大三时才算对专业有所了解后，惊讶不已。天下哪有这么一个学生能被允许到每个大学、每个专业都去试读一下，然后来决定学什么专业的，这不成了天方夜谭？看来读哪个大学、学什么专业等选择有点"瞎闯"或"机缘"；即使有些同学有理想、有抱负，想学某门专业，那也有点"一见钟情"或"心血来潮"的成分。几年前的"参干"失败还深深地刻在一平的心里，他也没有想清楚自己对军校是否是有点"一见钟情"。少许同学平时有所考虑，或许已有了主意，然而大多数同学晃晃悠悠、拿不定主见。但是一平和立坤等四个同学却因一件意外的事情拿定了主意。

是年五月的一天，校长在其办公室召集祝一平、黄秉义、韩立坤和丁玉卿开会。校长介绍说："有一个新成立的军事学院提前招生，该学院对招收的新生不仅要求学习成绩好，在政治思想上也要求很严。党支部和校领导经过研究决定，推荐在座的四位同学去参加考试，现在正式通知你们，给你们两天时间考虑，若同意就来填表报名。该学院招生办确定五月二十五日开始考试，共三天，二十八日体检。七月二十八日来学校领录取通知书。如果未被该学院录取，就按考试成绩另行安排其他大学。"

一平听后心想：能提前招生，说明这个学院来头应该挺大。既然是学校推荐，说明信任我们。怎么这么巧，又是军事学院，那就是说要参军了。

四位同学被这天大好事的降临弄得乐不可支，不约而同地认为哪还有必要回去考虑，在办公室稍事商议后立即就同意了，并且说马上就可以填报名表。学校领导急忙解释，这件事情很严肃，请大家向家里报告一下，而且一定要家长签名同意。于是四人都领了报名表格离开了校长办公室。

回家的路上，一平想起前年"参干"的事，这次他对"要征得家长同意"之事动足了脑筋。

一平回到家里后，把这个好消息告诉了伏诚和梅英，但只跟他们说是学校推荐自己去考一个挺好的学院，至于是什么学院，学校说了要暂时保密，毕竟推荐名额有限，学校怕弄出乱子。伏诚和梅英自己没多少文化，平时想管一平的学习也有心而无力，这次听说是学校推荐，觉得那肯定是个好学院，高兴都来不及，哪有阻止的理，欣然签名同意。

他们四位同学要提前考大学的消息传出后，对高三年级的震动很大。大部分同学向他们投来羡慕的目光，当然，也有个别同学有点妒忌，埋怨学校为何不保送自己。有意思的是好几个女同学找到校长办公室，问为什么不推荐女生。校领导再三说明，这是该学院的招生要求，不是学校歧视女同学，学校也是无能为力。

一平报名后心里反而平静安定下来，离考试还有几天，就算“临时抱佛脚”也得抱一下，一门心思把所有功课系统地“翻”了一遍，准备“出击”了。

考试当天，一平早早起来，梅英多塞了些钱给他，要他买点喜欢吃的点心，吃饱一些，一平拿了钱兴奋又紧张地答应着赶赴考场。一连三天，育林中学四位同学感觉考得还可以，因为每考完一门课，四个人就紧张地从头到尾互对答案。年轻人的脑子好用，每道题回忆起来都清清楚楚，认为答案正确、做对了就很高兴；哪一点与大家的不同，就讨论一番。总的来看，在对答案中，正确的居多，因此大家心情都很好。

第四天是体检，要求一早空腹赶到医院，先抽血，后每人发给一份点心。一平是第一次参加正规的体检，吃着点心，感到新鲜和满足。参加体检的同学都有人引导，一项项进行着。在量血压时，只有丁玉卿连续量了三次，每次大夫告诉他先静坐休息。最后一项要求每人把衣服都脱光，做全身检查。一平感到不可思议，怎么能全脱呢？当光溜溜地被引导进入一个大房间，一看，同学们都惊呆了，原来大房间里有许多男、女大夫成组地候着，人人都戴着口罩，一副严肃的样子，只见男大夫招呼着惊得颤颤巍巍的学生依次过去接受检查。把每个同学全身上下看个仔细，男大夫不断地要他们举胳膊、抬腿、下蹲、前进、后退，按着指令做各种动作；还在每人身上这里捏捏、那里敲敲，女大夫做着记录。轮到一平时搞得他浑身不自在，羞红着脸，没办法只好硬撑着。好不容易体检结束，大夫示意可以走了，一平他们赶紧穿上衣服。走出医院，同学们个个像一群伸长脖子刚受了惊的幼鹿，面面相觑，随即尴尬地苦笑着，终于明白原来体检是这么一回事。

一平知道自己已经完全解放了，走在从医院回家的路上，突然发现，天空竟是如此蔚蓝，白云竟是如此飘逸，世界竟是如此美好！仿佛一切都在瞬间被忽然释放，就像烟火，绚丽至极后渐渐消失得无影无踪……高考就这样结束了，一平的中学时代就这样以一场正规的、对于他来说难以想象的体检而结束了！

在高考后的那个假期里，一平的心情是那样的舒畅，每天都可以用最充足的理由不再看书，可以用最直接的方式干自己想干的事，可以用最纵情的方式在外面疯玩到天黑才回家，很癫狂，很自由！伏诚似乎就在一瞬间，把一平抛给了一平自己，他不再像小时候那样凶巴巴地对待一平了。那一年暑假，伏诚态度的转变让一平懂得了，能上大学就意味着自己拥有了相对多的自主机会和条件，就意味着有资格获取大人们的尊重。

十三

1

一平高考、体检完之后，一天，伏诚找了个机会，把反复思考了好久的想法对梅英说："我想让阿平去一次镇海老家看一看。不管他这次考不考得上大学，都是人生的一个转折。若是考上了，以后就不大有机会去乡下了。"

梅英很高兴地赞同说："那敢情好……一来祭祖，二来让我们的儿子看看老家乡下的房子，也算是祖业吧。但是怎么个去法呢？侬陪伊去就省些钞票，店也不必关门；当然能全家都去最好，我也很想回乡下看看，那么多熟人有多少年没见面了……"说着说着就激动起来，两眼含着泪花。

没想到这次伏诚下了很大的决心，一锤定音地说："全家去吧，店索性关门，花点钞票就花点钞票。我看得出，侬也是很想老家了。"

这种一拍即合的事情做起来干脆利落。伏诚张罗着打听船期、购买船票；梅英整理行囊、准备礼物；三个孩子听到这个消息，更是兴奋异常，小孩总是更加喜欢闹新鲜、玩新鲜、寻找新鲜。能够出门去那么远的地方白相了，个个翘首以盼，恨不得立即就动身。

过了黄梅季节，七月中旬关了店门，全家人高高兴兴地乘轮船回镇海的老家。是日傍晚，天气晴朗，一家人早早吃了晚饭，雇了两辆三轮车，连人带行李拉到了十六浦，码头上停靠着很大的海船。

一平一家排队进入码头，只见有舷梯高高地登向船的上层，说是给头等舱、二等舱客人用的；一平他们买的是五等舱的票，从下部由一个跳板进入船舱。五等舱即散铺，上船时每人发给一张席子，自己找地方，在过道、扶梯旁或什么角角落落坐着、躺着，反正第二天一早船就到目的地。买散铺票的人还不少，一上船就背着行李、夹着席子拼命往前挤，想找一个好位置。一平和两个妹妹可没见过这种架势，先进了船舱不知道怎么走，只听见伏诚在后面喊："上楼梯，到上层船稳一些。"

一平一听伏诚的提醒，年轻灵活地立即就往上走，直走到有船员拦住不让上去为止，因为再上面是头等舱和二等舱位。等伏诚上来一看，一平已占着舱门内侧靠船头的位置，还能挤下一家人，夸赞道："蛮好！蛮好！因为船一走风会很大，我们靠这边可避风。"

一平心想，我这是瞎找的，没想到结果却碰对了。安定下来后，由伏诚、梅英占着铺位、看着行李，一平带着玉琴和紫琴在船上转悠，出了舱门，晚风一吹全身顿感凉爽惬意。

来到船舱外挺宽的走廊上，扶着栏杆看到偌宽的黄浦江江面，顿时心旷神怡。眺望对岸也有船停靠岸边，好像是渡轮，岸上有起重机的吊杆，还有很大的、方方正正的房子，像是厂房。

一平显出做哥哥的神态，不断给玉琴和紫琴介绍知识和解答问题，特别是玉琴，她问的可多了。

“黄浦江是上海通海的主要、也是唯一的水道，出了吴淞口就到东海，乘轮船可以去世界各国。”一平介绍说。

玉琴眨巴眨巴眼睛问道：“吴淞口在哪里？”

一平指着江面说：“你们看到了吧，江水是向那里流。”他伸出左手指向左方，“水是朝那个方向流的吧，那面是下游，朝下游走就到吴淞口了”。

夕阳西下，江面上金波闪闪，好多小船、几艘大船慢慢漂行着，真是令人目不暇接。这是一平他们第一次坐轮船，感觉处处新鲜。晚风徐来，他们三个时开时闭着眼睛贪婪地呼吸着江面上的新鲜空气。“呜！”突然，船闷声闷气地大叫起来，把他们三个人吓了一跳，紫琴立即抱住了一平的大腿，玉琴拉着他的衣袖，一动也不敢动，等一平他们定下神来，感觉到船在动了。

玉琴握紧扶栏，伸出头去看着江面，她观察了一会儿之后，惊奇地问一平：“哥哥，哥哥。船怎么朝黄浦江上游方向走呢？下游才是吴淞口，出了吴淞口才能去宁波，是不是走错了？”

这下一平傻眼了，是呀，怎么朝上游方向走呢，他也感到疑惑，无法回答这个现实问题。还没等一平弄明白，轮船离开码头后在江面上划出一个大圆弧，转了一个180度大弯，驶向吴淞口。后来才懂得，原来船靠码头都是逆水而上，这样船体才便于操控。

天慢慢地落下了夜晚的帷幕，海上的风景也渐渐地在黑色里溶解、模糊了。江面的风越来越大，梅英怕三个孩子受凉，出来叫他们进舱。第二天，天才蒙蒙亮，船就到达宁波，梅英叫醒了三个孩子，一家人拿着行李挤在人群中，仍从下面的舱门上了岸。

等到伏诚一家人到了镇海乡下老家已是下午，又累又渴。待找到委托照看房子的远房叔伯家，寒暄后，拿了钥匙就去打开自家家门。

这是一片平房，进了大门是一个长天井，两边各有三间房，房前有回廊。每间房前均摆满了大水缸，从屋檐口用砍成对半的毛竹引雨水到缸里，这就是人们喝的和用的“天上来水”。进了大门，走到顶端是餐厅和厨房，原先一大家人在此做饭就餐。伏诚是住在右侧第三间，远房叔伯前两天已来打扫过，房间不算大，床、桌、椅等齐全干净。他们互相倾诉着离别和想念之苦，小孩子们很快就融入了老家的孩子群中，随着他们那一群孩子到处转，到处是新奇。

来了老家好多天了，祭扫祖坟、走访众家亲戚，伏诚和梅英都很兴奋。尤其是伏诚，谈话中必提一平考大学的事，这回在亲戚面前真是“撑足”了面子。

一平心里一掐算日子，该要回上海了解录取的情况了。伏诚一听这是大事，就安排玉琴和他第二天先回去，说他们两个孩子一起返回，路上也有个照应，而且玉琴已十一二岁，回到上海可以看个家，还可给哥哥做个饭什么的。

第二天下午，大人们送一平和玉琴到宁波轮船码头，有了上次的经历，一平就显得熟门熟路了，早早就带着玉琴在舱门口排队。返回上海的船起航时间晚，直到天黑才放旅客入船舱，码头上灯光不少，人们行动还算方便。入舱后他们兄妹俩就朝上走占了个好位置——右舷舱门内。船开动后有风，吹着凉爽舒服，随着速度增大，风也越来越大。

一平拿出一件夹衣递给玉琴："穿上，睡吧。"自己也穿上夹衣，倒在席子上就睡着了。等一平醒来，乘客横七竖八地都还睡着。只有船上的机器轰鸣着，好在舱位高，离机器房远，瓮声闷气的声音不算太大。一平用手摸了摸脸、理了理头发，起身后蹑手蹑脚走出舱门。

船的右舷正好朝东，只见远处天水相际处已有一线鱼白。抬头看，船顶上的天色一片漆黑，夜幕未退。一平长这么大还从来没有机会这样来看天空与大海。没过一会儿，东方鱼白处越来越大，成了一大片。突然射出红色光芒，刹那间，只见一个红色圆盘露出了水面，紧接着红彤彤的圆盘冉冉升起，最后，那个偌大的圆盘突然跳出海面。东方的天空全被染红了，那真是霞光万丈，五彩缤纷。这情景让一平看了个完整，心想这会是个好兆头吧！当再抬头看船的上方，黑幕全部退尽，天已大亮。生平第一次看日出，又是在海上，一平的心情久久不能平静，仔细地回味着刚才的情景，竟然把这么绚丽多彩的自然景观联想成了简单的、抽象的几何图形。日出是一个弧弦构成的红色"割圆"，当弦越来越长，"割圆"的面积就越来越大；但当弦的长度越过直径时，尽管"割圆"的面积在增大，弦长却越来越短。

不知不觉，一平已在弦廊里站了好长辰光，吹久了海风，感到有点凉丝丝的，就转身走进舱内。这时已有不少乘客在走动，推醒了玉琴后，一平就去洗漱、上厕所。等他回来，玉琴已梳洗

开了教导处办公室。

一平离开学校，走出弄堂口，正在左右张望，突然发现穿着一身洁白布拉吉的莎兰正在马路对面向他招手，心中涌起一股冲过对面马路去的渴望，急忙躲闪着来往车辆快步过了马路。

一平来到莎兰的面前，只见她穿着合身的、简洁的布拉吉，高耸的胸部、紧束的腰身，裙底恰在膝盖处。两条粗长的辫子，末尾各系了个黑色小蝴蝶结，眯缝着双眼露出甜甜的笑脸，浑身散发着青春活力，那一刻让一平真的是看呆了。

莎兰面对猛看自己的一平，十分愉悦又羞红着脸说道："这么两眼直盯，是想把我吃了！"听到莎兰说话后，一平才从刚才的呆相中回过神来。她笑嗔着责怪一平干嘛这么急着横穿马路，汽车很多挺危险的。一平有些不好意思，牵强地笑了一笑，兴冲冲地告诉她已被录取的消息。

莎兰笑嘻嘻地搭腔："我老远看到侬走出校门口的神气样，穿短袖两用衫，着短裤，脚踏球鞋，挺胸摔臂，一副雄赳赳、勇往直前的气势，这架势看起来似乎已经是一个战士了。现在更看清了你满脸的朝气和笑容。猜都不用猜就知道肯定是被录取了。"一平又一次挺尴尬地看着莎兰傻傻笑了笑。两人言谈中对玉卿没被录取都很感遗憾。

莎兰今天来学校是早先与一平约好的，因为放假后同学间联系比较困难；而且是有准备请一平去她家坐坐，还要送一平一份礼物。一平从没去过她家，心想如今高中毕业了，若这次不去，恐怕以后很少有机会，但去呢，又怕见她的家人，正在犹豫不决。

莎兰好像猜出了一平的心事，说：“家里人都出去了，没事的。”

“那好，侬带路。”

从华山路一转到乌鲁木齐路不远就到莎兰家了，开门进去后，屋里静静的还真是没有其他人，莎兰住亭子间，房间不大却很亮堂。

一平惊讶地喊了一声：“哎哟，侬一个人住一间房呀？”

莎兰感到一平问得奇怪，反过来很惊讶地问他说，难道像她这么大的女孩住一间房不可以啊。一平只能点头说当然可以。她反问：“你们家是怎么住的？”

一平思忖该怎么回答她，一句两句也说不清，要说清楚呢还得解释一大通，就截住话题问她：“侬不是要送我礼物吗？”一打岔就把话题引开了。

莎兰从抽屉里小心翼翼、挺慎重地拿出一个日记本，深情地对一平说，这就是她要送给他的礼物。一平接过来一看，挺精致的，翻开封面一看，还有题词：

一平：

远走高飞了，祝思想进步，学业成就。

老同学莎兰

一平看完急了：“这可怎么办？我可没有准备礼物呀！”

莎兰看到他这么憨傻着急、可爱的样子就笑了，不慌不忙又从抽屉里拿出一本封面相同的日记本递给他说：“侬在这个本上题个词，就算是给我的礼物了。”

一平一下子被她的举动感动了，没有想到原来女孩子的心这么细，嘴里却不断嘀咕：“那怎么好意思呢？”

莎兰怕一平不接受她特意安排的互送礼物的方式，摆摆手赶紧辩白道：“不要紧的，不要紧的，意思到了就行。”

在那个多情的七月，莎兰本来是想在分别之前让他们两人的朦胧关系能够明确下来。但一平尚是一个非常不开窍的青少年，太过单纯，对男女之道似懂非懂。当时一平思忖，为了能给莎兰一个比较完美的印象，就只想在莎兰面前摆弄深沉。最后，一平万万没有想到，自己尽说些模棱两可、言不由衷的话，跟他的初衷相差十万八千里。

他在日记本上题词为：

莎兰：

我们一定会再相见的。

老同学一平

这么重要的两人相聚，让大大咧咧、寿头寿脑的一平给“黄”了。

接下来，他俩拘谨地瞎聊一通后，一平说该回家了，因为只有他的大妹一人在家。莎兰依依不舍地把他送下楼，出了家门口，两人一起站立了好一会儿，互道再见。一平转身走了，但能妹去开门。我57年夏天在沈阳实习后自费请假回上海探亲两周，把我姆妈高兴得整天围着我转。父亲后来告诉我，当我睡熟后，姆妈就会坐在旁边久久地看着我。那次时间紧未与大家联系。现在哈军工可好了，学员每年有一次报销路费的探亲假。”一平突然想起来，问玉卿：“侬后来到哪里上学了？”

玉卿说：“那年检查说我是高血压，后来安排在同济大学路桥系，现在在市政局上班。其实我身体一直好好的，没事。”

小洁到底是细心，关切地问道：“侬上哈军工这么多年，毕业后又分配到广州军区，离家这么远，上海的家怎么照顾呀？”

一平面带歉意地回答：“就是呀，自古以来‘忠孝不能两全’，我们修建机场、搞工程是要到处走动，没法固定在一个城市。说来也巧，我大伯父女儿阿毛姐，从小就接受新思想，她爱人在上海解放前被派到香港，也不知道搞什么工作，挺神秘的，57年冬天调回了上海。阿毛姐和我姆妈邪气亲，经常来我家走动，我只好拜托她了。好在家里还有两个妹妹也都长大成人了。”

当一平了解到恺达与小洁结婚不到一年，即举杯：“以茶代酒，祝你们幸福美满，早生贵子！”说得大家都笑了。

接着他们一一打听着其他同学的情况，但都心照不宣地没有提及莎兰。同学们都心知肚明，尽管莎兰在一平心中已经变成了一道痛、一个心头上难以磨灭的遗憾，但他们相信凭一平的坚强和自制力，随着岁月的流逝，这一页他肯定能很快地翻过去。

后记

书中的人物、情节等纯属虚构，别看表述得像模像样，那是噱头。书中的“好人”不是侬，书中的“坏人”更不是侬，切勿“对号入座”。

本书在写作过程中，得到了上海、北京原中学老师和同学的支持与帮助，我夫人也提供了很多良好的建议，我的外孙在电脑方面提供了技术支持，在此向他们致以真挚的谢意。曾数次请暨南大学文学硕士研究生小刘作为家教，讲述有关写作知识并提出修改意见，一并致谢。

本书完稿后才意识到，孩子的成长是家庭乃至社会的大事，没想到竟然会涉及如此紧要的题材。本意竭力做到行文流畅，情节扣人心弦，故事性强，但由于作者水平有限，实难如愿，仅供作茶余饭后的笑谈资料或随便翻翻，恳请广大读者与方家指教。

阿　德

2011年1月1日